中公文庫

寝台急行「昭和」行

関川夏央

中央公論新社

目次

II

Ⅲ

IV

寝台急行「昭和」行

昔へ向かって走る汽車

私は鉄道好き・汽車好き（電車好き）である。

小さい頃は汽車に向かって手を振る子、汽車の写真を飽かず眺める子だった。長じても趣味はかわらなかったが、人にはいわないようにした。コドモっぽさのあかしだと恥じたのである。

五十歳をすぎて、いまさら隠し立てしなくてもよかろうと、全国のいろいろな汽車に乗って『汽車旅放浪記』という本を書いた。

古いタイプの鉄道ファンはたいていそうだが、私も新幹線には興味がない。特急列車にもさして愛着がない。それらはたんに移動の手段と映る。

私が好むのはローカル線のローカル列車である。ローカル線ならどの線でもおもしろく感じられるが、とくに山越えをする線がよい。

幹線の、比較的大きな町の駅で分岐した支線は、しばらく平地を走る。やがて地形に起伏が生じる。小さな丘なら切り通す。古くに敷かれた線であればあるほど、谷をくねくねとつたって走りたがるのは、トンネル工事がたいへんだった時代の名残りだ。

山は深くなる。ときにスイッチバックで勾配を無理矢理緩和する。それが限界に達したとき、ようやくトンネルで山越えをする。

日本は山深い国だと実感する。同時に、水と緑の国なのだとしみじみ思う。谷川の水はあくまで澄み、緑はしたたるように濃い。

汽車好きは、乗っているだけでたのしいのだ。車窓風景とローカルな乗客たちのたたずまいは飽きがこない。

それればかりではない。自分は、すぎてしまった時代を無意識のうちに汽車に見ようとしているのだ、と気づく。私の場合、それは昭和三十年代の日本と、その記憶である。ささやかな時間旅行の感覚も、汽車旅の魅力だといえる。

先日、JR肥薩《ひさつ》線に乗った。鹿児島県隼人《はやと》から内陸を北上して山を越え、熊本県人吉《ひとよし》に至る。人吉からは球磨川《くまがわ》沿いに海岸の八代《やつしろ》まで下る。九州新幹線が部分開通するそのはるか昔、熊本と鹿児島を結ぶ海岸線が完成するまでは、こちらが鹿児島本線だった。

途中に霧島連山を見はるかす絶景がある。一〇〇メートル走るうちに三〇メートル登るという鉄道の安全限界ぎりぎりの勾配がある。そのためスイッチバックとループを組みあわせた駅がある。超ローカル線のわりに有名なのは、そのせいだ。わざわざ乗りに行くのはためらわれる。しかし、九州に用事があれば、ついでに、と理由をつけて乗ってみたいのである。

景色はよかった。ループ線も明治三十六年（一九〇三）の古い駅舎も堪能した。しかしいちばん驚いたのは、月曜の朝の列車だというのに満員だったことだ。

団体、友人同士、夫婦といろいろだが、乗客の八割が老人である。より正確にはリタイアして間もない初老の人々、平均年齢は六十代なかばか。

近年、ローカル線に初老夫婦の旅行客の姿が多いことに気づいてはいたが、まさかこれほどとは。

鉄道は高度経済成長時代の主役だった。それは戦後日本の「全盛期」だった。初老の方々の「全盛期」も、それと重なっている。彼らは鉄道の愚直な誠実さの思い出に、個人的記憶を重ねあわせているのだろう。

もうひとつの大きな理由は、汽車旅が安いということだ。急ぐ旅ではない。むしろゆっくりの方がよいのである。

これからは、いわゆる団塊の世代がローカル列車の旅に参入してくる。自分もそのひとりとしていうのだが、「団塊」の特徴は「反体制気分」「口先民主主義」「若づくり」、それに「ケチ」である。

妻に去られたり、いつ去られるかとおびえる「男の団塊」の初老後は、ひっそりとした

ものになるだろう。余暇といえば、せいぜいローカル線に乗ってすぎた昭和をしのび、

「自由と個性への信仰」のもとにコドモをニートにした「教育」を車窓に反省する、そんなさびしい十年の方がはるかにリアルだ。

東京発博多行寝台特急「あさかぜ」がブルートレイン化されたのは、昭和三十三年（一九五八）十月一日、平成二十年（二〇〇八）秋でちょうど五十年になる。

「あさかぜ」それ自体はその二年前、昭和三十一年十一月十九日に運行を開始した。その日、かねてから「事有《ことあ》れかし」と待っていた作家内田百閒は「機逸すべからず」と、東京駅一八時三〇分発の「あさかぜ」一番列車に乗り、博多まで行った。とくに用事はない。ただ乗りたかったのである。乗車するとすぐに食堂車に出向いて、お酒を飲みはじめた。

彼は汽車好きというより、車内で長々と飲むのが好きなのである。そうしながら、このとき六十九歳の百閒はお伴《とも》の国鉄広報部員に、「晩の闇を裂いて『あさかぜ』が走っている」と、ぶつくさいった。列車の愛称が気に入らないのである。

当時新潟の小学生であった私は逆だった。瀬戸内の朝日に輝くさわやかな「あさかぜ」を思い、いつか乗りたいものだ、と思った。

繁忙な夕方、東京駅で出発を待つ「あさかぜ」が、隣のホームから見通せるのは、横須賀線電車の発車と入線の合間の四分間だけ、という事実をトリックに使ったのは松本清張

の『点と線』（昭和三十三年刊）である。「時刻表」とは「読む」ものであるという発見が画期をなした。

私はしかし、おなじ清張作品でも同名小説の映画化『張込み』（昭和三十三年、監督・野村芳太郎）の方に、より強くひかれる。

東京のふたりの刑事（宮口精二、大木実）が強盗殺人犯（田村高廣）を追って九州・佐賀へ出張する。以前の恋人（高峰秀子）のもとへ立ちまわるのではないかと見通して、張込むためである。

その夜行列車（おそらく鹿児島行「さつま」）の車内がリアルだった。夏の夜の熱気のなか、車内は満員だ。男性はみなワイシャツを脱ぐ。ズボンを脱いでステテコ姿になる人もいる。そして例外なく扇子をつかう。

刑事たちは床の隙間にすわりこみ、膝をかかえて眠る。創刊間もない「週刊新潮」を読む。彼らが座席にありつけたのは翌朝、京都と大阪である。佐賀までまだ十五時間。

小説では原稿用紙にして三枚ばかりの車中を、十分間もの長いシークエンスに直して圧巻だった。映画には鉄道への愛着と、いささか汗くさいけれども抒情がある。小説にはそれがない。昔の夜汽車はあんなふうだった。まさに労働だった。

ブルートレインの最盛期は昭和五十年代前半で、九州方面行だけで一日約二十往復あった。しかし乗車率は次第に減じ、新幹線「のぞみ」が博多まで通うようになった平成五年以後は実用性を失った。平成二十年には、全国で六往復、それに不定期二往復である。

私はついに「あさかぜ」には乗れなかった。やはり「実用の壁」は高かった。そのかわり、平成十九年熊本行「はやぶさ」に乗った。

少ない客を乗せて走り出した列車が、東京駅ホームの端まで達して驚いた。柵のところに乗客よりも多い「鉄ちゃん」(鉄道ファン)が、カメラを構えていたのだ。

平成二十年三月十四日、大阪行ブルトレ寝台急行「銀河」のラストランのときは、すごかった。全二百六十寝台が一か月前の発売時、三十秒で完売した。当日の東京駅ホームは深夜なのに鉄道ファンの大群で朝のラッシュ時なみだった。鉄道好きでも、これは何か、と怖くなる。とにかく過剰なのだ。

この人たちのほとんどは、その昔の大阪や九州の遠さを実感しない。汽車旅が労働であったり、見知らぬ同士が世間話に興じて、車中に束の間のコミュニティをつくった歴史とも無縁である。

車輛の写真や走行音テープ、それに鉄道雑学をひたすら勤勉に収集する人々、趣味をおなじくしながらひとりひとりが孤絶した群衆、そういうものを五十年後に生もうとは、ブルトレもさぞ意外に思っていることだろう。が、平成二十一年三月、「はやぶさ」「富士」も廃止されて、東京駅発のそのブルトレがすべて消えた。

昭和八年（一九三三）、晩秋である。

文芸評論家の小林秀雄は、朝の上野駅のプラットホーム上で、作家の坂口安吾とばったり会った。小林秀雄は旧制新潟高校へ講演に出向こうとしていた。坂口安吾も新潟へ行くという。彼らは午前九時ちょうど発、上越線に一本しかない急行に乗った。ふたりとも若い。秀雄は三十一歳、安吾は二十七歳だった。

秀雄は昭和五年、「文藝春秋」に文芸評論「アシルと亀の子」を連載して名を上げ、昭和七年からは明治大学文芸科の講師を兼ねていた。その年の秋、宇野浩二、川端康成らと「文學界」を創刊したばかりである。

二年前に「木枯の酒倉から」「風博士」を発表し、特異な新人作家として遇されていた安吾は、このとき作家仲間の矢田津世子《つせこ》にプラトニックな恋情を燃やしていた。矢田津世子は安吾のひとつ下、気強い美貌の人である。

急行は満席だった。ふたりは食堂車に行き、朝から飲みはじめた。清水トンネル通過にそなえて、水上《みなかみ》で蒸機を電機につけかえたときも飲んでいた。

上越線は昭和六年秋に全通した。ループ二回で山を登り降りる清水トンネルは、越後の「奥座敷」であった越後湯沢を「玄関口」にかえた。トンネル通過の前とあと、その風景の圧倒的な違いに「異界」を連想した川端康成が、いわば美しい死者たちの物語『雪国』

を書きはじめるのは、秀雄と安吾の旅の翌年のことである。

午後一時二〇分、列車は石打に着いた。電機を蒸機に戻すこの駅で、安吾は降りた。

安吾は、おそらく松之山温泉へ行ったのである。湯治ではない。松之山の村山家には安吾の叔母と姉が嫁いでいて、坂口家と二重の縁で結ばれていたし、安吾は、利発で顔立ちのよい、しかし病弱な姪、十五歳の村山喜久《きく》を好んでいた。

小林秀雄は安吾の死後、昭和三十一年にこう書いた。

〈彼は羊羹色のモーニングに、裾の切れた縞ズボン、茶色の靴をはき、それに何をしこたま詰めこんだか、大きな茶色のトランクを下げていた。人影もないこの山間の小駅の、砂利の敷かれたフォームに下り立ったのは彼一人であった。晩秋であった。この「風博士」の如き異様な人物の背景は、全山の紅葉であった〉

安吾は去る列車に千切れるほど手を振った。

印象的なシーンだ。しかしこのとき、わざわざトランクを運んでやった秀雄は、酔っていたせいか安吾を反対側の車輛点検用の木造ホームに降ろしたのである。人がいないのは当たり前だった。

村山喜久は昭和十三年、二十歳で自殺し、矢田津世子は昭和十九年に病死した。三十六歳だった。坂口安吾は昭和三十年に四十八歳で死に、小林秀雄は昭和五十八年、八十歳で長逝した。

私は、石打駅を通過するたびにこのエピソードを思う。そして、七十余年前の秋の全山火事のような紅葉と、ふたりの文士の友情を好ましく「回想」するのである。これも汽車旅のたのしみといえるだろう。

I
ローカル列車「レトロ紀行」

安上がりで小さな旅——東京近郊線

「昭和」を探す小さな旅など、どうですか。

そう編集部のO女史にいわれた。

昭和を探す？　どういうこと？

二〇〇九年一月には平成生まれが二十歳になった。殺人事件の時効だって二十五年だ。昭和が歴史になってしまう。その前に、回想の対象としての昭和を、レトロ好きな「おじさん」のために探してみてくれないか。ただし、「おじさん」にはお金があんまりないから（編集部にもないが）東京近郊の日帰りの旅。

以上がOさんの言い分であった。

なるほど。「おじさん」には、積極的な気持はもうない。ひたすら回顧的だから「おじさん」なのだ。

彼らがしきりに懐かしむ昭和は、どのあたりにあるか。郷愁案内をするふりをして研究してみたい。いわば現代考古学を兼ねた「おじさん」対策ですね。「おじさん」を知るには「おじさん」を歩かせてみるに限ります。

とはOさんはいわなかった。私が底意をはかって翻訳したのである。

「おじさん」といわれると気分がすぐれないのが「おじさん」だ。しかし、まあ事実だ。自己像は老けた青年だが、客観像はせいぜい中年晩期。ありていには初老期。この落差のなかに「おじさん」の悲しみがある。

いいでしょう。どこかへ行ってみましょう、と私はいった。自分も自分のノスタルジーの原景を知りたくなくもないし。

とはいったものの、歴史と化した昭和はどこにあるか。

汽車なんかどうかな。

汽車、ですか。

電車のことだけど。ぼくはローカル色の強い電車に漫然と乗っているのが好きでね。ただし「鉄ちゃん」とはいわないで欲しい。あれは差別語だ。

いいでしょう、とOさんはいった。

彼女は「鉄子」なのである。祖父が満鉄の機関士。昭和の栄光の遺伝子の運び手である。

早朝の鶴見駅で待ちあわせた。

鶴見線は私の提案だ。昭和五十三年（一九七八）に宮脇俊三の『時刻表2万キロ』を読んで以来、一度乗ってみたいと思っていた。昭和の面影が見つかりそうな気がした。

鶴見線は鶴見を出ると海岸に向かう。それから東へ折れて、ずっと埋立地を走る。本線は扇町《おうぎまち》までの七・〇キロだが、途中二本の枝線《えだせん》がある。支線ではなく枝線だから名前がない。それをあわせても一〇・三キロ、工場地帯への巨大な引込線のようなものだ。

実際、工場主である財閥が大正十五年（一九二六）に敷設した貨物線がそのはじまりで、昭和五年からは旅客も乗せた。途中駅の浅野は浅野財閥の浅野総一郎、安善《あんぜん》は安田財閥の創始者で大正十年に暗殺された安田善次郎からとって駅名とした。終点扇町駅の手前には昭和という駅もある。昭和九年に鶴見駅に乗入れて国鉄と接続、昭和十八年、戦時社会主義体制強化で国有化された。

鶴見線こそローカル線の最たるもの、枯死寸前の細々たる営業、とは予断だった。朝八時台ということもあろうが、それなりに混んでいた。工場、公害、殺伐、汚染、菜っ葉服に工員帽の労働者、といった昭和四十年代的イメージは裏切られた。乗っているのは、みなホワイトカラーである。少なくともホワイトカラーとしか見えない人々である。労働者、労働運動、スクラム、明るい明日、みな歴史の波間に没した。

私たちが乗ったのは、枝線のひとつに直接乗入れる海芝浦《うみしばうら》行だった。浅野から先の二駅、新芝浦から海芝浦まではほとんど東芝の敷地の脇を走る。終点海芝浦は東京湾の上、正確には埋立地扇島との間の広い京浜運河、その真上にホームがある。波しぶきが洗うホームはこといえば日本海の崖下にある信越線青海川《おうみがわ》駅が有名だが、文字どおり海の上のホームはここだけだ。
ただし海芝浦駅の出口は、すなわち東芝の入構証なしには駅を出られない。いちおう公共の乗物でそれはなかろうといいたくなるが、元来が財閥と工場の私鉄なのだ。

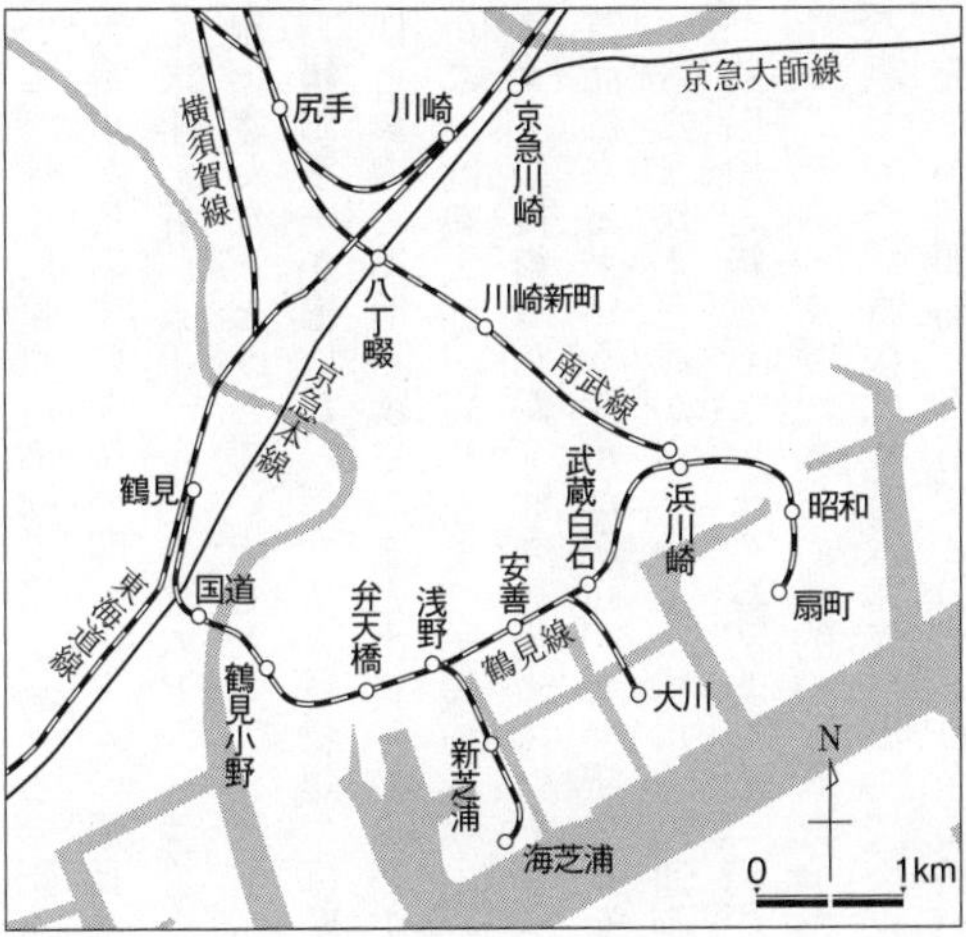

つまり浅野をすぎてもこの電車に乗っている人は、全員が東芝社員、東芝関係者なのである。私はこの車中で、はじめて講談社学術文庫を読んでいる人を見た。ロングシートの隣席、定年間近といった年頃の「おじさん」が、シャーペンで線を引きながら『枕草子』を熟読していた。向かい側の三十代の青年は光文社新書『食い逃げされてもバイトは雇うな』を読んでいた。この線では、ケータイの画面を眺めている人の割合がいくぶん低いようだ。

海芝浦に着いてもすることがない。風が強い。風力計がぐるぐる回る。海水はきれいで、遠くに東京湾横断道路が見える。駅から出ることができないものだから、乗ってきた電車が折返すのを待つ間、ホームの延長につくられた細長い花壇などを散策した。昭和も末年に近い六十二年（一九八七）、連続テレビドラマの「男女7人秋物語」にこの駅が出てきたな、とふと思い出した。

鎌田敏夫が書いた「男女7人秋物語」は昭和六十一年「男女7人夏物語」の続編で、前作とおなじく明石家さんまと大竹しのぶが主演した「トレンディー・ドラマ」だった。ほかに片岡鶴太郎、岩崎宏美、手塚理美が出た。「ワンレン・ボディコン」の手塚理美はゼネコンの技術者だが、恋愛病患者でつぎつぎと男をとりかえる。彼女の勤める研究所が海芝浦にあるという設定だから、この駅でロケをしたのだ。

さんまが木更津からフェリーで川崎に通うサラリーマンで、岩崎宏美が鶴見で親が残した釣船屋を経営しているのは、当時の「湾岸ブーム」に投じたからだ。物語中の彼らは三十一、二歳、恋愛が人生の目的のようだった。バブルが頂点に向かう前夜で、私は三十八歳だった。時代は軽薄な元気に満ちていた。思えば、よい時代であった。

なにか回顧的な表情ですね、とOさんがいった。

べつにィと、私はこたえた。ただ昭和は遠くなった、自分は歳をとった、そうしみじみ思っただけさ。

折返す電車は、一転してガラガラ、風情は急に超ローカル線となった。通勤時間帯と日中の運行本数が極端に異なるのも無理はない。安善から大川への枝線など、九時から五時まで一本も走らないのである。

本線の終点扇町行へ乗換える浅野駅では、ホームから線路に降りて横切る。対岸のホームがだだっ広い三角形なのは、分岐する本線と枝線の角度そのままにつくられているためだ。その三角形の底辺まで歩いて、もう一度、線路を渡る。そこが本線の下りホームである。

扇町まで乗り、そこにはなんにもなかったから南武線との接続駅、浜川崎《はまかわさき》まで引返した。南武線のホームは、駅の外へ出て一般道を渡った反対側にある。それでもおなじ駅なのである。そこから出るのは南武線の枝線だから、尻手《しって》まで行って南武線に乗換える。浜川崎は、かつて貨物発着トン数全国一だったことがある駅だというが、いまは面影がない。人影もない。

そのホームの、屋根を支える柱と梁に念入りに木のかすがいを打ち、柱の上部がみな美しいY字形をなしているところなどが昭和だ。

そういえば、浅野駅のホームにも昭和はあった。海風吹き抜ける広い三角形のホームの真ん中に小さな花壇をつくって、空虚さを軽減させる気配りが昭和だ。

つぎの狙いは「江戸東京たてもの園」である。

南武線で府中本町まで。武蔵野線に乗換えて西国分寺。もう一度中央線に乗換えて武蔵小金井。そこからはバスに乗って小金井公園。広大な公園のなかの「江戸東京たてもの園」に昭和を探しに行く。

園内は三つのゾーンに分けられている。

西に農家と山の手の近代住宅。中央部が歴史的建造物と住宅。東はおもに下町の商店建築。建てものはみな正確に移築されている。広いから半分見て歩くだけで、おもしろいがくたびれる。腹は減る。山の手の近代住宅を見学したあと、センターゾーンの旧高橋是清邸に入って休息した。そこは園内食堂も兼ねている。

高橋是清邸そのものは明治三十五年（一九〇二）の建築だが、昭和十一年（一九三六）二月二十六日には歴史の現場となった。その日未明の降雪のなか、近衛歩兵第三連隊の叛乱部隊がこの家を襲った。高橋是清を殺害したのは指揮官中橋基明中尉指揮下の部隊だった。

昭和はたしかにここにあるね、と私はカレーライスを食べながらOさんにいった。

でも、ちょっと重すぎる昭和だね。ぼくたちが探してるのは、もっとかるーい昭和なんでしょ。

「おじさん」には昭和戦前は荷が重いですか、と昭和五十年生まれのOさんはいった。

それ、皮肉？　違いますよ。でも、さっきセキカワさんがしきりに感心していた前川國男邸は昭和十七年の建築だったんですよ。田園調布の大川邸なんか大正十四年だというし。

建築家の前川國男が品川区上大崎に建てた家は、外観は切妻屋根の和風、内部は洋風で吹き抜けの居間を中心に、書斎と寝室が配されている。吹き抜け上部の片側は中二階構造だ。

大川邸は渋沢栄一設立の田園都市株式会社がイギリスにならった「田園都市構想」の一環として田園調布を開発分譲した、その初期につくられた全室洋間の住宅で、昭和初期モダン住宅のさきがけである。たしかにどちらも昭和戦後ではない。

だが私は、前川國男邸に石原裕次郎主演の映画『陽のあたる坂道』を思い出した。それはデビュー二年後の昭和三十三年、石原裕次郎から「太陽族」のイメージを払うためにつくられた石坂洋次郎の小説の映画化だった。

田園調布に住む出版社社長の家で、家庭内の問題をテーマに家族会議をひらく。その居間が前川邸の居間とそっくりだったのだ。会議で問題が「民主的」に解決されると、全員が讃美歌を合唱するのである。裕次郎も歌った。ただひとり部外者としてその場に立ち会った北原三枝は驚いていた。私も驚いた。

一方、大川邸で私は、こういう家に『君たちはどう生きるか』の主人公コペル君や、コペル君の友だちは住んでいたのだろうな、と思ったのである。『君たちはどう生きるか』は、人生論ではない。高等師範附属中学の生徒たちの生活と、考えの生成をえがいた少年向けの「哲学小説」である。吉野源三郎が昭和十二年に書いてよく読まれた。昭和三十一年に復刊されると、昭和の終り近くまで読者がいた。

Oさんはいった。

それも昭和戦前なんでしょ。昭和戦後にはあまり立派なものはないようですね。家族会議と讃美歌って、ちょっとコワいし。

もっともだとは思う。でも、と私はいった。もう少し惻隠の情とか、ないわけ？

ソクインノジョー？　なんですか、それ。

溜息が出る。溜息は出るが、たしかにそうなのだ。昭和戦後には、誇るべき建築がないのだ。とくに昭和三十年代四十年代には、東京タワー以外なにもない。だから昭和戦前と違って、時代精神のありかたをかたちでしめすことができない。

あったのは風俗ばかりだ。消費され、すぎ去る風俗や流行は、時代を共有した人のみに説得力を持つ。「おじさん」が、自らの懐かしい昭和について熱弁を奮えば奮うほど、敬遠される理由はそこにある。

その日最後の目的地は青梅だった。なんでも、昭和レトロで町おこしをしているとか。

降り出した雨の街路を歩いた。道路沿いに、泥絵具でコピーした昔の映画の大看板が並んでいる。駄菓子屋の店先の再現「昭和レトロ商品博物館」「青梅赤塚不二夫会館」もあった。赤塚さんはいいとしても、映画は昔それを見た人だけに通じるレトロだ。駄菓子屋の商品も、大村崑のオロナミンCや松山容子のボンカレーの宣伝金属パネルも、意外とレトロ心をくすぐらない。

で、不満を癒そうと青梅鉄道公園まで歩いた。

平日の閉園間近の時間、入場者は私たちだけだった。同情されたのか係のおじさんが、C51の5号機を見て行きなさいと、親切にいってくれた。

C51形蒸気機関車5号機は大正九年（一九二〇）に国鉄浜松工場でつくられた。東海道本線で特急「つばめ」を牽引して、東京—大阪間を、当時としては驚異の八時間台で走った。間もなく、大宮の鉄道博物館に移送される。もう建築用シールドで囲ってあるけど、のぞいていいよ、とおじさんはいうのだった。

C51は美しかった。しかし、より印象に残ったのは、SLばかりの展示のなか、ただ一台の電車、新幹線だった。東海道新幹線の最初の設計、0系の先頭車だ。開業五年後の昭和四十四年（一九六九）に汽車製造（現川崎重工業）でつくられた。

新幹線にはよく乗る。しかしそれは移動の手段にすぎないから、愛着はない。愛着はないはずなのに、鉄道公園で雨にそぼ濡れた0系22形は、捨てられた巨大ネコみたいに孤独で、ふてぶてしくて、可憐だった。よく働いたからもういいだろうという顔をしていた。私は、人でも機械でも、よく働いてよく古びたものが好きなのだ。

生まれたときから新幹線が走っていたOさんにとっては、新幹線の初期形こそがレトロの対象であるらしい。私には、同時代を生きて早めの引退をした知りあい、そういう感じである。そのデザインが電車として単調で味わいに欠けるというのなら、私たちの生きた昭和戦後も、にぎやかな記憶とは裏腹に、思いのほか単調で味わいに欠けた時代だったのだろう。


別の日。今度は東京の北の方へ、昭和を探しに出掛けた。

Oさんとの待ちあわせは上野公園、西郷さんの銅像前だった。私は東京暮らし四十年にして、はじめて西郷さんの銅像の実物を見た。公園内を歩き、平成九年に廃止された京成電鉄の博物館動物園駅の駅舎を見に行った。

東京藝大前にあるそれは、階段状ピラミッド形の屋根を持つ、国会議事堂のミニチュアみたいな建造物だった。線路は昔もいまも地下を走っているから、見られるのは地上の駅舎だけだ。むろん閉ざされている。

立派な南欧式の墓のようだ。昔ブエノスアイレスで見た墓地は、ちょうどこの駅舎くらいの建物が無数に並び、いわば死者の街をつくっていた。

博物館動物園駅が設置されたのは昭和八年、国会議事堂の完成は昭和十一年だから、こちらの方が早い。国会議事堂の階段ピラミッド状の屋根は、実際、小アジアの古代王、マウソロスの王墓から建築家がヒントを得てデザインしたのだという。西欧風ではなく、といって軍人会館（現九段会館）のような日本風大陸風のハイブリッドでもなく、という当時の日本社会の空気と圧力の結果、死者の家の相貌を帯びた。昭和戦前は、たしかに複雑な葛藤の時代だった。昭和戦後にはそれが欠けている。

昭和戦後の懐かしいにおいに接したのは、山手線、京浜東北線と乗継いで出掛けた大宮でだった。わざわざそこまで足を延ばしたのは、午前中から繁盛している飲み屋が大宮にあるらしいですよ、というOさん情報からである。Oさんはお酒に強い。私は弱い。しかし昭和探索のためなら万難を排したい。

目当ての店、いづみやは大宮駅のすぐ前にあった。隣には支店まである。情報は正確だった。午前十一時すぎだというのに、早くも十人ほどの客が、飲みかつ食べている。入れこめば三十人は大丈夫だろうか。明らかに引退した年頃の男たちがほとんど、それもひとり客ばかりだった。

私たちは生ビールを注文した。つまみはモツ煮こみ一六〇円、肉豆腐二四〇円、焼きトリ三本で三六〇円。生中は六〇〇円と普通だが、それ以外は驚くほど安い。千円で飲める。

中年前期、四十代はじめに見える客が三人ほど、壁に面したカウンターの席についているほかは、みなテーブル席だ。厨房に近い方の大テーブルにかたまっている。知りあい同士かと眺めていたが、やっぱりひとり客なのだ。誰も話をかわさない。しかしその割には接近してすわっている。天井近くに置かれたテレビの画面を、見るともなしに見ている。そうしながら一合二六〇円の安酒か、一合四五〇円の高い「しぼりたて」の酒をなめる。あるいはビールのジョッキを口に運ぶ。モツ煮こみなどを食べる。

私たちが入ってしばらくは、午前中から飲みに来た若い女性（Oさん）の存在に、場の空気が多少揺れる気配があったが、じきにおさまった。

話し声はほとんどない。テレビと注文をとおすおばさんの声ばかりだ。おばさんは、古びたのと古びる少し前のと合計三人いる。厨房では、タオルのハチマキ、ダボシャツにステテコといったいまどきめずらしいスタイルの初老のおじさんが、なにもかもひとりで切りまわしている。

ぽつぽつと新来の客が増える。やはりひとり客だ。中年はカウンター席にもつくが、初老客はみな大テーブルの方へ行く。ほかにあいている席はいくらでもあるのに、わざわざ客と客の間や、客の向かい側にすわる。といって知りあいというのではない。

この感じではないですか。

とOさんがいった。Oさんはもう二杯目のジョッキである。

この感じ？　というと？

この客同士の距離の加減、この節度ある人恋しさの感じが昭和的なんじゃないですか。それも三十年代とか四十年代の。

そうかも知れない。午前中から飲んでいるのだから酒好きには違いない。しかし自堕落なトーンはない。人混みのなかで心地よさげだ。人恋しげだがお喋りではない。レトロな気分は、モノから誘われるのではない。人と人がさりげなく距離を縮めるやりかたに、昔を思う。昭和戦後は、こんなところにあったか。

大宮からはいろいろな電車に乗った。夕方東武線経由で北千住に戻った。私は北千住にもはじめて降りたのだったが、ここの飲み屋通りもけっこうすごいとOさんはいうのである。

ほんとうにすごかった。北千住駅前から常磐線沿いに南へ下った通りの両側には、ずらっと飲み屋と食べもの屋が並ぶ。そうして人通りが多い。どこもたいてい表から内部が見えるつくりになっているが、まだ明るいのに大勢飲んでいる。

お店が密集した通りを一往復、駅近くの串揚げ屋「天七」に入った。コの字形にしつらえられたカウンターで、立ったまま飲み、食べる。昔の酒屋の店先のようだ。

生ビール六〇〇円、串揚げは一四〇円と一七〇円の二種。その内容は多様だが、ほかに食べものはない。カウンター上にソースをなみなみ入れた金属板の箱があって、串揚げをひたして食する。ソースは減れば、どぼどぼ足してくれる。ただし二度づけ禁止。つけあわせのキャベツは食べ放題。大阪のミナミにあるような店だ。

空になったジョッキは片づけない。あとで竹串とジョッキの数で勘定する。串の長さの違いが値段の違いである。

客の出入りはあるが、着実に増えている。ゆったり並んで立っていたカウンターが窮屈になる。もっと混んだら半身になって肩だけ入れることになる。東武線で日光方面からでも帰ってきたのだろう、登山の服装をした中年後期五人組だけが、すでに電車のなかで飲んできたらしく高声で喋る。あとは注文のとき以外は静かだ。それでも雑踏である。

やっぱり、これですよ。

飲み助のOさんがいった。三杯目に口をつけたところである。

そうだね、これだ。

私はまだ二杯目だ。

人と人との接触感。しかるに誰もがひとり。そんな、人恋しさと孤絶の微妙な配合と棲み分けこそが、昭和戦後のレトロ感なのだな、と思った。

北千住から南千住まで電車で行った。地下鉄が三階のホームから出るのにはまいった。南千住から三ノ輪《みのわ》まで歩くことにした。

このあたりは旧山谷《さんや》に近い。そう気づいて、「立つんだ、ジョー」と声色をつかってみたが、Oさんは笑ってくれなかった。

『あしたのジョー』なんだけどなあ、知らない？　と尋ねたら、タイトルは知ってますけど、山谷ってなんですか、何か関係があるんですか、誰が「立つんだ、ジョー」というんですか、と問い返された。昭和は彼方《かなた》へ去った。

三ノ輪では同潤会アパートを捜すつもりだった。

同潤会アパートは、大正十五年（一九二六）から、昭和九年にかけて東京に何棟も建てられた、当時のモダン・アパートである。先年取壊された表参道のものが有名だが、下町にもあった。小石川の同潤会アパートに、江戸川乱歩は明智小五郎を住まわせた。しかし、そこももはやない。三ノ輪に、ほとんど最後の同潤会アパートが残っていると聞き、見ておきたかった。

苦労の末に見つけた同潤会三ノ輪アパート（現町名は東日暮里二丁目）は、無人の廃墟になっていた。よく立っていたものだと感心するほどひどい状態だった。八十余年を閲《けみ》したのだ。無理もないか。

しかしこれでは、地元の工場の人に聞いてもピザ屋の配達に聞いてもわからないわけだ。それにもともと、たんに三ノ輪アパートと呼ばれていたらしい。最後は老人たちだけが住んでいたはずだが、彼らはどこへ行ったのだろう。

たとえ廃墟でも見られて幸運だったのか。この無残な昭和の化石は、目のあたりにしなかった方がよいのか。

帰りは三ノ輪橋駅から都電荒川線に乗った。

三ノ輪橋駅脇の板塀にも古い映画のポスターの複製が貼ってあった。『太平洋ひとりぼっち』『椿三十郎』『天国と地獄』の三枚である。これも昭和三十年代レトロ狙いだが、不発。

けっこう乗客は多い。老人比率が飛び抜けて高い荒川線だが、荒川二丁目から乗ってきた三十代くらいの女性五人は喪服姿だった。葬式の帰りなのだろう。みな香典返しの入った紙袋を持ち、子供を連れている。葬式とはまるで関係ないブランドものの話をかわして、ひとりずつ荒川線の停留所で降り、最後に残ったふたりは王子まで行った。

葬式、茶髪、騒々しい子供たちと荒川線、そういったローカルな組みあわせもレトロな感懐をもたらす。昭和戦後は、まあ、やはり、懐かしい。

王子でOさんと別れた。私はドトールでコーヒーを飲んでから、荒川線にもう一度乗った。せっかくここまできたのだから、王子駅を出た都電が、九十度左へカーブしてからもう一度左カーブ、雨に濡れた飛鳥山の坂を登るところを、最後尾の窓から眺めたかった。あとは大塚でJRに乗継げばいい。安上がりでおもしろい「小さな旅」だった。

寝台急行銀河「昭和」行

——東海道線、三岐鉄道、天竜浜名湖鉄道ほか

午後一〇時二〇分、東京駅10番線ホーム上は人だかりがしていた。雑踏とまではいかなくとも、十分な混雑だ。鉄道写真マニア〝撮り鉄〟がいるだろうと予想はしていたが、まさかこれほどどとは。三月はじめの土曜の夜である。

まさにブームだ。異様な活気だ。日本は平和だ。二百人か三百人かが趣味に命を懸けている。

森が動くように人々がホームの後方、神田側へと移動した。寝台急行「銀河」が牽引されて逆方向から入線してくる。その姿を撮りたいのだ。EF65のヘッドライトが眩しい。

ホームの端に立った駅員が叫ぶ。

「運転に支障をきたすストロボ撮影はご遠慮くださーい！　マナーを守ってくださーい！」

何度も何度も叫ぶ。このところ毎夜のことらしく、うんざりした表情だ。それでもときどき発光がある。

カメラを手にした群集中の異彩は、女装の男性だった。黒い、ふわふわした帽子をかぶって服も黒一色、短かめのスカートの下に膝小僧が見える。さらにその下はピンヒールの黒い靴だ。

「『愛の嵐』系ですね」

10番線ホーム上で待ち合わせていた編集部のOさんが、会ったとたんにそういった。

「鉄道オタクには、ああいうタイプも少なくはないんですって」

「でも、あんまりきれいにはしてないね。『愛の微風』くらいだね」

最後尾の電気機関車が切り離されると、人の波が今度は、ホームの有楽町側へと動いた。大阪まで「銀河」を連れて行く方のEF65が入ってくるのだ。カメラをかかえて走る人もいる。が、率直にいって感心しない。走って行ったところで、もうよい場所はとれないと思う。

寝台急行大阪行「銀河」は昭和二十四年（一九四九）に走りはじめた。それが平成二十年（二〇〇八）三月十四日で消える。私と同年齢の列車だから、いくばくかの感慨なしとしない。が、まだ二週間あるというのにこの混雑、このお祭り騒ぎ、むしろ気をそがれた。

有楽町側のホーム先端には五十人はいた。さらにその外側には五十人以上の輪。みなカメラを構えている。警戒役の駅員たちが、前に出すぎるな、発光させるな、と叫びつづける。声に切迫感がある。

ＥＦ65が入ってくる。

「撮らないんですか？　写真」

Ｏさんにいわれた。

「なんかねえ」

「同類だと思われたくないとか？」

私はあいまいにうなずいた。それはそうなのだが、発光させずにシャッターを切るやりかたがわからないのである。もっとも、写真を撮って、のちにしみじみ眺めたことはない。

電気機関車がたのもしい音をたてて連結された。みなさんの情熱はよくわかったから、早く発車してくれと思う。定刻は二三時ちょうどである。

私は汽車好きだが、おもにローカル線好き、盲腸線好きのマイナー系列で、寝台列車には乗らない。外の景色が見えないのに、乗っても仕方ないという思いが先に立つ。それでも出掛けるのは嫌いではないから、頼まれれば乗る。Ｏさんは切符をとるのにたいへん苦労したそうだから、いやだとぐずるのもおとなげない。

ゆっくりと「銀河」がすべり出す。カメラがつぎつぎ発光する。自分が撮られているわけではないとわかっていても恥ずかしい。

大阪まで八時間十八分、まことに昭和的な速度で夜をくぐりぬける「銀河」だが、乗車券、急行券、寝台券をあわせて一万六千円余。安くはない。居酒屋で飲んでカラオケで歌って東横インに泊まれる。それでも「感傷」は商品になる。三〇パーセント以下の乗車率が普通だったらしい「銀河」が、今夜は一〇〇パーセント。ただし私たちは岐阜で降りる。最初の停車駅品川には、何人か〝撮り鉄〟が待っていた。横浜にも大船にもいたが、東海道線の普通列車を待つ人の方がホーム上に多いから、異様な感じはしなかった。

「内田百閒も『銀河』に乗ったんじゃないですか」

ベッド下段に並んで腰かけたOさんが、ぐびりと缶ビールを飲み干しながら、いった。

「乗ったんじゃないかな」私はビールをちびりと口にして答えた。「でも、昭和二十五年の『阿房列車』最初の旅では乗らなかった」

汽車旅随筆の草分け内田百閒は、昭和二十五年、復活した特急「はと」に乗ってみたくて大阪へ行った。「はと」は東京―大阪間を八時間で走る。国鉄は戦前の水準になんとか戻ったのである。

当初の計画には「銀河」が入っていた。「はと」は午後一二時三〇分に東京を出て、二〇時三〇分大阪着。三十分後に東京行「銀河」が大阪を出るので、その一等寝台で折返す。乗るだけが目的の「純文学」的汽車旅は、かくありたい。

しかし大阪の旅館で一泊したのは、お金がかかりすぎるからだった。一等は三等の三倍の料金で、さらに急行券と寝台券が必要だ。現在より汽車賃が相対的に高かった当時、五十歳をすぎたら一等にしか乗らぬと決めていた六十一歳の百閒にも、それはこたえた。結局、翌日の「はと」で帰京した。

このときの記録が『第一阿房列車』の第一作「特別阿房列車」になった。阿房は阿呆ではない。秦の始皇帝の阿房宮からとった。要するに「壮大な無駄」である。特別急行に乗って用もなく大阪へ往復したから「特別阿房列車」なのだ。

「百閒が好きなんですね」

Oさんがいいながら、また缶ビールを一本、豪快にあけた。

「好きというわけではないんだ」私はいった。「六十一歳であんなに老人ぶっていられるとは、よい時代に生きた、そう思うだけだね」

「団塊の世代は多すぎますしね。最年長は今年六十一ですけど、本人たちは自分を老人とは、意地でも思いたくないでしょうし」

小憎らしい。

百閒は汽車好きだったんじゃない、食堂車でお酒を際限なく飲みながら、お伴してきた国鉄広報部員に説教するのが好きだったんだ。そういうと、セキカワさんは寝台車でビールをちまちま飲みながら、人にレクチャーするのが好きなんでしょ、とOさんが口答えをした。これはたまらん、と私はベッドの上段によじ登った。中年後期の男は、口答えと夜更かしに弱いのである。

ごく狭い空間で、ごそごそ寝巻に着換えていたとき、向かい側下段の客が通路の腰掛けから戻ってきた。小柄な男性、と思っていたら中年の女性のひとり客だった。

彼女はOさんと話している。「銀河」に別れを告げにきた、という声がカーテン越しに聞こえる。

お正月にも「銀河」に乗って京都へ行ったが、乗る前に飲みすぎてすぐ眠ってしまった。しくじった。今度こそはしみじみとお別れしたい。新幹線と違って、人間の生理にかなった列車がなくなるのは実に惜しい、悲しい。

向かい側上段の男性客は、通路でタバコを二本吸うと早々にベッドへ上がった。横浜を出た頃だったと思う。慣れが感じられたから「昭和的」出張かと考えたが、「銀河」のチケットをとるのは楽ではない。おまけに明日は日曜日だ。彼もまた、別れを告げにきたクチか。難解である。

目覚ましの電子音で起き、フロアに降りた。夜明けはまだ遠いが、Oさんはすでに通路にいた。おはよう、と挨拶すると、シッポが出てますよ、と返された。窮屈に身づくろいしたので、ズボンにたくしこんだ寝巻の紐をお尻から垂らしていた。

岐阜駅、五時〇〇分着。夜明け前のホームに降りたのは私たちと男性がもうひとりだけだったが、〝撮り鉄〟が五人、ホーム上で待ち構えていたのにはびっくりした。なかにひと組、父親と小学校低学年くらいの男の子がいた。末恐しい。

「銀河」は行ってしまったのに、その小学生がしきりに階段を駆け降り、駆け登る。ついでに、岐阜六時四二分着の東京発大垣行、快速ムーンライト「ながら」の写真も撮ろうとしているらしい。昔の青年ならたいてい乗ったことがある普通列車大垣行が、全席指定の快速となって残っている。

私たちは、その前の名古屋発大垣行普通で大垣へ行く。大垣からは養老鉄道で桑名へ。桑名とは別駅の西桑名から三岐《さんぎ》鉄道北勢線に乗って終点阿下喜《あげき》へ。

今回の旅行の主題は「欲張り」と「多忙」。出掛けたからには、できるだけたくさん電車に乗る。貧乏くさいかも知れないが、貧乏くさきこそが「昭和」的ではないか。

大垣駅ＪＲホームから養老鉄道のホームへ行けば、雪の伊吹山が見えた。美しくて寒い。養老鉄道のがらがらの車輛、そのロングシートに並んですわっていると、運転士に声をかけられた。

「いい写真が撮れましたか」

はい、おかげさまで、とこちらも愛想よく返したものの、内心クサった。

「やっぱり〝鉄っちゃん〟ふたり連れに見えちゃうか」

「仕方ありませんよ」

「ひさびさ法事に帰ってきた親娘連れ、はムリでも、改心した元不良の叔父と付き添いの姪くらいには見えんか」

無理でしょう、とOさんはいった。理由はいわない。

電車は濃尾平野の西の端をのんびり走る。やがて西へ直角に折れ養老山地をめざす。養老山地の向こう側は三重県、麓でまた南へ方向転換する。古い駅舎と桜の木の絵柄で名高い養老駅をぜひ見たいと思ったが、寝不足がこたえたか眠りこんでしまい、気づけば終点の桑名だった。駅を出て陸橋を渡る。まるで目立たぬ案内板に従って歩いて見つけた。三岐鉄道北勢線の西桑名駅だ。

なんとわびたたたずまいなのだろう。小津安二郎の『浮草』のセットのようだ。つぶれた旅まわり芝居の座長、中村鴈治郎が行き先の思案をするのにふさわしい待合室だ。『浮草』の舞台はたしか三重県の港町で、すべてを失った鴈治郎は駅の待合室で女房の京マチ子に、桑名の知りあいを頼ってみるかと、けっこう明るくいうのである。昭和三十四年（一九五九）のことだ。

この北勢線は、線路幅七六二ミリの軽便軌である。大正時代、各地方に電鉄が建設されたとき、安上がりで小まわりのきくこの軌間が多く採用された。標準軌（新幹線軌）の半分強、七六二ミリは二フィート六インチだからロシア軌五フィート（一五二四ミリ）のちょうど半分だ。そのほとんどは昭和四十年代までに廃線となったが、三重県にはこの北勢線二〇・四キロと、四日市から内陸部へ向かう近鉄内部《うつべ》線とその枝線八王子線、計七キロ

北陸本線
岐阜
高山本線
大垣
笠松
犬山
新羽島
東海道新幹線
米原
岐阜県
岐阜羽島
尾張一宮
名鉄小牧線
名鉄犬山線
東海道本線
養老
彦根
勝川
西藤原
津島
名古屋
阿下喜
養老鉄道
愛知県
丹生川
三岐鉄道北勢線
近鉄弥富
滋賀県
三岐鉄道
桑名
西桑名
金城ふ頭
近鉄湯の山線
湯の山温泉
近鉄富田
太田川
大府
近鉄四日市
近鉄八王子線
西日野
四日市
名鉄常滑線
名鉄河和線
武豊線
近鉄内部線
内部
関西本線
平田町
伊勢若松
中部国際空港
碧南
柘植
亀山
武豊
伊勢鉄道
近鉄名古屋線
三重県
河和
内海
津
近鉄大阪線
紀勢本線
名松線
松阪
近鉄山田線
多気
伊勢奥津
伊勢市
鳥羽
近鉄鳥羽線
N
0
10

が残っている。ほかには静岡県大井川鐵道の先端部、千頭《せんず》―井川間二五・五キロがそうだ。私は、軽便軌の電車に乗ってみたかったのだ。私の田舎にも昔あった。通学する中学生たちがふざけて片側に寄って跳ねると車輪が浮く、車掌が青い顔をして怒る、そんな小さな電車だった。

Oさんも喜んでくれたのは、嬉しい。

「する？　昭和のにおい」

「しますねえ」

電車は、細い路盤上をけなげに走る。しかし必ずしも軽快ではない。カーブが少ないわりには速度が出ない。最高時速四五キロで、三五キロ制限の区間が非常に多い。古い線路のメンテナンスが行届かぬようだ。

三重県には、内陸へ向かう盲腸線が、私鉄JR、ともに多い。養老山地の真裏から岐阜県をめざしたはずの、もともとは北勢鉄道だったこの線もそうだ。しかし、阿下喜までで力尽きて近鉄に吸収された。その近鉄も、採算がとれず廃線を決めていたので、あまり面倒を見なかったのだろう。平成十五年（二〇〇三）、地元の要望で三岐鉄道に移管されて命を永らえたが、赤字にかわりはない。

その平行線を経営する三岐鉄道も社名のとおり、関ヶ原に達して三重と岐阜の連絡をもくろんだのだが、やっぱり中途で挫折した。より南、松阪から内陸へ向かうJR名松《めいしょう》線は、命名からも察せられるように、松阪と伊賀名張《なばり》の連絡をめざして果たさず、盲腸線に終った。結局、岐阜県と結んだのは養老鉄道だけ、大阪方面に連絡がついたのはJR関西本線と近鉄大阪線だけである。

五十分ほどで阿下喜に着くと、駅の脇に古い転車台が見えた。電車軌道だからSLのように前後を変換する必要はないはずで、この線の遺跡ではない。不思議だ。もっと謎なのは、その転車台の外側をひとめぐりして敷かれたミニチュア・サイズのレールである。幅は軽便軌の半分。とすれば一フィート三インチだ。

しげしげ見ていると、レールの先端を引き入れた倉庫から女性が現われた。そして私たちに、よい日に来られたわね、と愛想よくいった。その人、安藤さんの話から、この変哲のない倉庫そのものが「軽便鉄道博物館」で、第一と第三日曜日だけに開館するのだとわかった。私たちはよい日にきたのだった。

博物館は「北勢線とまち育みを考える会」という中高年中心のボランティアで運営され、町おこしを兼ねている。「昭和の町に出逢う道」のウォーキング・マップをもらったり、一フィート三インチ軌道上を実際に動く北勢線モデルのミニ電車を眺めたりしているうち、三々五々ボランティアたちがつどってきた。ある人は、側線上に留置された古い軽便軌木造電車の修理にかかり、別の人は、ミニ電車の船外機のようなモーターを点検して始動させる。みな中年、というより初老の男性である。

私たちをミニ電車に乗せてくれるというので恐縮したら、安藤さんが、気にしなくていいんですよ、運転したくてしょうがないんだからこの人、といった。電車は、「転車台経由阿下喜線全線行」と印刷された硬券切符のルートどおり、ひとめぐりした。昭和三十年頃、遊園地でお猿の電車に乗って以来の経験だった。

私たちは、阿下喜から三岐鉄道三岐線の丹生川《にゅうがわ》まで歩くつもりでいた。阿下喜から三キロほどしかないそこに貨物鉄道博物館があり、月の第一日曜日だけ開館するからだ。

そんな話を安藤さんにしていると、修復中の貨車から出てきた長身ハンサムな初老の人が、どうせまわる予定だから車で送ってあげましょう、といった。三岐鉄道の日比社長だった。

軽便鉄道博物館、貨物鉄道博物館、ともに三岐鉄道が協力してつくられたのだった。貨物鉄博は、むろん全国にただ一か所そこにしかない。捨てられ解体される運命の貨車を譲り受け、現在十三輛ほど丹生川駅の側線上に並べて展示している。

私たちが訪ねたとき、ちょうど東京の大学「鉄道研究会」二十余名が、日本の貨車研究の第一人者（というより専門家はこの人だけだろう）吉岡副館長のレクチャーを聞いているところだった。両者のあまりに一途な表情に圧倒され、聴講する勇気が出なかった。

三岐鉄道近鉄富田《とみだ》行が動き出すのとほとんど同時に、私はコトリと眠った。近鉄富田で名古屋行の近鉄急行に乗換えたが、そこでもまた眠った。

名古屋の、JR東海道線上りホームへ向かう階段を登ると「名代きしめん」という看板のスタンドがあった。私は空腹に気づいた。夜明け前の岐阜でコンビニおにぎり一個を口にしただけである。

食べたい。しかし時間が。つぎの新快速豊橋行は五分後に到着する。それを逃すと、天竜浜名湖鉄道の始発駅、新所原《しんじょはら》からの連絡がだいなしだ。欲張り多忙旅の命は、連絡なのだ。

私の苦悩を知ってか知らずか、Oさんがあっけらかんといった。食べましょう、きしめん。

でも、つぎの新快速がね、とためらったら、Oさんはこういった。原武史さんなら、五分あれば必ず食べますよ。

おお、そうか。それは負けてはおられん。

しかしスタンドは混んでいた。注文したきしめんが出てくるまで時間がかかった。出てくればうまい。あと二分。しかし熱い。はふはふするうち、あと一分。気はせく。これはいかん、と箸を置きかけたとき、ホームのアナウンスが新快速到着の三分遅れを告げた。

Oさんと同時に食べ終え、速足でホームを歩いて行くと電車が入線してきた。ぴったりだった。

乗ってからOさんがいった。
「まるで高度成長時代のサラリーマンの気分ですねえ。二十四時間働けますか、みたいな」

そういえば、と私は、何回かの引越しを意味なく生き延びた開かずの段ボール箱を開けて、昭和五十六年版ポケット「時刻表」を見つけた話をした。

その時刻表のページをめくって、三十年近い歳月を実感した。あの頃、自分は若くて貧乏だった。ネコを友によく勉強し、定期預金二百万円を目標に、よく働いた。いわば修業中の身だった、というような話である。

もう修業は終ったんですか、とOさんが茶化すので、いまだってタテマエは修業中だけど、いささか金属疲労だねえ、と答えた。

私がいいたかったのは寝台列車のことである。要するに昭和五十年代まで、いかに多くの寝台列車が東京駅を出発していたかを、あらためて思い出したのだった。

行先はたいてい九州、最長距離列車は「はやぶさ」、西鹿児島まで二十二時間かけて走る。「はやぶさ」はもう一本あって、それは下関行だった。九州以外には、出雲市行、浜田行、那智勝浦行などがあって、一六時三〇分発の長崎・佐世保行「さくら」から二二時四五分発の大阪行「銀河」まで、合計十一本もあった。往時茫々。

昭和五十六年は一九八一年でしょ、とOさんがいった。

例のロス疑惑のあった年ですよね。三浦元社長が、撃たれて意識不明の奥さんの移送を頼んだヘリに、発煙筒を大きくまわして合図しているところ、テレビで見ましたよ。

「いくつだったの、君は」

「幼稚園でした」

往時茫々。

豊橋で浜松行普通列車に乗換え、新所原へ。

JR新所原駅のホームと天竜浜名湖鉄道のホームがつながっているのは、かつて旧国鉄二俣線だったからだが、いまは直接行けない。いったん表に出て切符を買う。その天竜浜名湖鉄道の新所原駅はウナギの蒲焼売りも兼ねていて、もうもうたる煙とともによいにおいがする。だが電車はすぐに出る。ウナギは二俣本町《ふたまたほんまち》へ行って食べようと思う。

三ケ日《みっかび》は国鉄時代からこの線の基地駅で、側線が多い。使われなくなって久しい転車台も残っている。

この線には三ケ日に限らず、木造平屋の古色がかった、よいたたずまいの駅が多い。それらが、小さな猪鼻湖《いのはなこ》や浜名湖の水面とよく調和して、心がなごむ。全体に、なんというか、帰りたい昭和の風景なのだ。

無人駅は意外に少ない。といって、駅員が詰めているわけではない。旧駅そのものがお店になっていたりする。そこでは、店の主人が駅務を兼ねているようだ。三ヶ日から三つ目、浜名湖佐久米《さくめ》駅には「喫茶かとれあ」の看板が出ていた。

いいなあ、とOさんがいった。喫茶かとれあのママ。私、なりたい。

その二つ先の駅は、グリル八雲だった。かとれあではわからなかったが、こちらは窓越しに客の姿が見える。

どうですか、こういうの、とOさんがいった。喫茶かとれあのママとグリル八雲のシェフは昔、恋人同士だった。その後いろいろあって、いまは犬猿の仲、なんてストーリーは。二時間ドラマにしたいね。その場合、かとれあのママは片平なぎさにやってもらおう。

グリル八雲のシェフは？

蟹江敬三。

いいですねえ。かとれあの前の湖岸に、ボートが一隻あったじゃないですか。で、あのボートを若い奥さんといっしょに借りて、黄昏の湖に漕ぎ出す役が三浦元社長というのは？

しかし、帰ってきたのは元社長ひとりだった。

ママが推理する。シェフも協力する。そうして、ふたりのよりが戻る。

よりは戻らなくていいよ。よい茶飲み友だちくらいにしておこう。

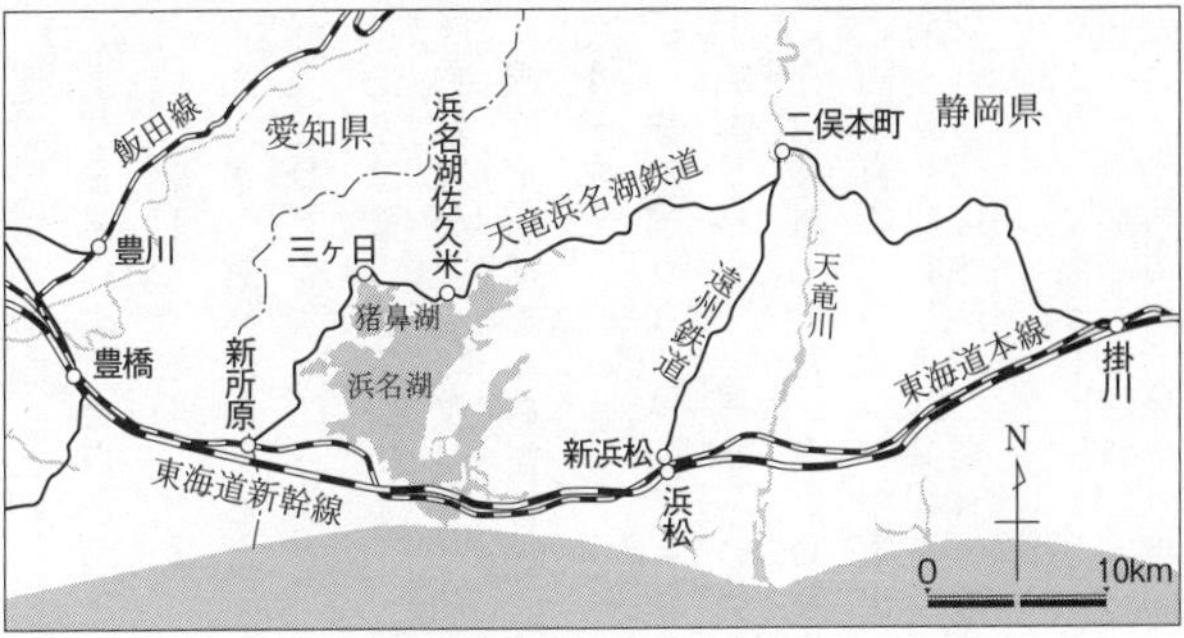

あ、女が怖いという気配ですね。ま、いいです。茶飲み友だちで手を打ちましょう。

そんなばか話をしているうちに電車は二俣本町の駅に着いた。この駅はソバ屋を兼ねるが、その日は休業であった。

昭和四十年代までは、地域の中心としてさぞにぎわっただろう二俣の町のシャッター商店街を歩き、まれに行きあう通行人の老女に尋ね尋ね、ウナギ屋に行き着いた。ウナ重を食べ、ビールを一本飲んで時計を見ると、つぎの電車まで十二〜三分。間にあうかどうかあやしい。しかしこれを逃すと一時間待ちになる。仲直りして犯人を追う片平なぎさと蟹江敬三のように駅への道を急いだ。二俣本町駅のホームに駆け登ったとき、単線の向こうから二輛編成の電車が、のんびりと入ってきた。

乗りこんだあとも少し息が弾んだ。だが、なんという間のよさ。

達成感があるね、と私はいった。

ありますねえ、とOさんがいった。あんまり意味はないけど、多忙という達成感。わりにいい感じじゃないですか。

あんまり意味はないけど、多忙という満足。それが高度成長時代のサラリーマンの幸せだったのではないだろうか。

あとはこの線で掛川まで。掛川からは新幹線だ。

心のなかで、昨夜以来どれくらい電車に乗ったか数えてみた。

線は東海道線から新幹線までで八線、電車は、「銀河」から掛川で乗る「こだま」まで十一本だ。

いや、違うな。熱海で「ひかり」に乗換えると品川着が二十分ほど早くなるから、合計十二本だろう、と考えているうちにまた眠った。昭和を探す多忙旅は、無理ないこととはいえ、疲れるのだ。若いOさんも、こんこんと眠っている。

阿下喜でミニチュアの電車に乗せてもらったから、乗った電車の数は合計十三本、と気づいたのは帰宅してしばらくのちのことである。

二〇〇八年三月十四日二三時、最後の「銀河」が東京駅を出発する光景を、私はテレビのニュース番組で見た。画面に映し出される限り、ホーム上は〝撮り鉄〟たちで朝のラッシュ時より混んでいた。

三十秒で売り切れたというその寝台券、二百六十枚のうちの一枚を手に入れた中年男性が、インタビューにこたえて「すごく幸運でした」と喜びをあらわしていた。彼はなんの用事もなく、これから大阪へ行くのである。

純文学ははやらないが、純文学的汽車旅ははやる。けれども、感傷と雑踏は、ウナギとウメボシのように食いあわせが悪くはないか。ふとそう思った。

北陸の電車、各種に乗る

「これはおいしい」と私はいった。

「おいしいですね」とOさんがこたえた。

私たちは福井にいた。

県庁所在地にしては人通りの少ない市役所前で、武生《たけふ》から乗ってきた福井鉄道の電車を降りた。

専用軌道を武生新駅から走りつづけてきた電車は、約三十五分後、福井新駅をすぎると路面電車となる。踏切がなくなり、電車も信号に規制されて走る。すぐに足羽川《あすわがわ》を渡って市の中心部へ入る。

私たちが降りた市役所前から電車は、約五〇〇メートル先の終点、福井駅前まで行くのだが、電車はここでスイッチバックする。いったん戻る感じで別線に移って、それから左折するのだ。武生方面からの右折線はないのである。私は、こういうどうでもいいことが好きで、しばらく見物していた。

「うまい」と感動したのは、そのあとに入った片町通りの「ヨーロッパ軒」のソースカツ丼である。お昼時少し前なのに、街区の静けさとは対照的で、一階はふさがっているから二階へ上がれといわれた。その二階も、間もなく満席になった。

薄くスライスして揚げられたロース肉は、全然脂っぽくない。ソースは甘さより酸味がきいて、むしろさわやかである。

「大正二年、早稲田鶴巻町で開店。ベルリンの日本人倶楽部で修業してきた人だから〝ヨーロッパ軒〟だそうです」Oさんが、卓上のパンフレットを読んでくれた。「関東大震災で店が燃え、郷里の福井に帰って、翌年再建」

「そうか、これは昭和の味ではなくて」私はいった。「大正モダニズムの味というわけか」

「すごいですよ。福井市内に十一店。ここが総本店ですね。ほかに敦賀市内に五店、春江、丸岡、鯖江に一店ずつ」

「鯖江って、電車で通ってきたとこだろ。眼鏡のフレームで世界的に有名な」

共和党副大統領候補で、「セックス・アンド・ザ・シティ」的雰囲気のサラ・ペイリンの派手な眼鏡も、福井人で金沢美大卒、川崎和男阪大大学院教授のデザインだそうだ。共和党が勝てば福井の景気がいくらかよくなる。民主党が勝てば小浜《オバマ》に余禄がある。どちらも、風が吹くと儲かる桶屋よりは信憑性がある。

今回の旅の目的（というのも気恥ずかしいが）は、福井、石川、富山の三県で、一泊二日のうちに、できるだけ多くのローカル電車に乗ってみる、というものだった。路面電車に都市交通の未来を見たい私としては、東日本ではめずらしく路面電車が生き残っていたり、JR廃線を路面電車化して再生したりの北陸に興味があった。

新幹線で東京から米原《まいばら》。米原で北陸線の特急に乗換えて武生。

ところがJR武生駅を出ても、福井鉄道武生新駅が見つからない。案内板もない。JR特急がめずらしく六分ほど遅れて着いたので、時間がないのだ。たくさん電車に乗りたいという欲張りな計画は緻密にできている。一本電車を逃すと、のちのちまで響く。

ひと気ない駅前で、老人がふたりバスを待っていた。そのうちのおばあさんの方が、わざわざベンチから立ち上がって、武生新駅のありかを教えてくれた。礼もそこそこに、私たちは走った。がらんとした福井鉄道武生新駅に駆けこんだ。Oさんの手先が震え、券売機に入れそこねて床に散ったコインを、私は拾い集めた。

まだ余裕ですよ、と全然忙しくなさそうな改札のおにいさんが、のんびりいってくれたが、ほんとうか。二輛編成の電車に駆けこんだ十秒後ぐらいにドアは閉じた。この路線の途中で西鯖江を通ったのである。客が三人降りた。

北陸は、戦前には私鉄王国だった。福井に限らず全国の中小私鉄の多くは第一次大戦景気、すなわち大正バブル前後に敷設された。福井では絹織物を中心に、蚊帳《かや》、和紙、人絹《じんけん》などの地場産業が私鉄を支えた。現在の福井鉄道は昔、福武《ふくぶ》電鉄といった。武生からは東の山裾に向かう南越《なんえつ》鉄道もあり、西の越前海岸方面へは、鯖江から織田まで、鯖浦《せいほ》電鉄があった。織田は信長の家系の本貫地である。

私とOさんは、つぎに福井から日本海に面した三国港まで、二六キロ余りのえちぜん鉄道三国芦原《あわら》線に乗った。こちらは元京福《けいふく》電鉄で、いまは三国芦原線と、途中から分岐する勝山永平寺線の二線が生きている。このほかに金津（現JR芦原温泉駅）から本丸岡を経て永平寺へ達する京福電鉄永平寺線と、丸岡と三国芦原線を結ぶ支線があった。

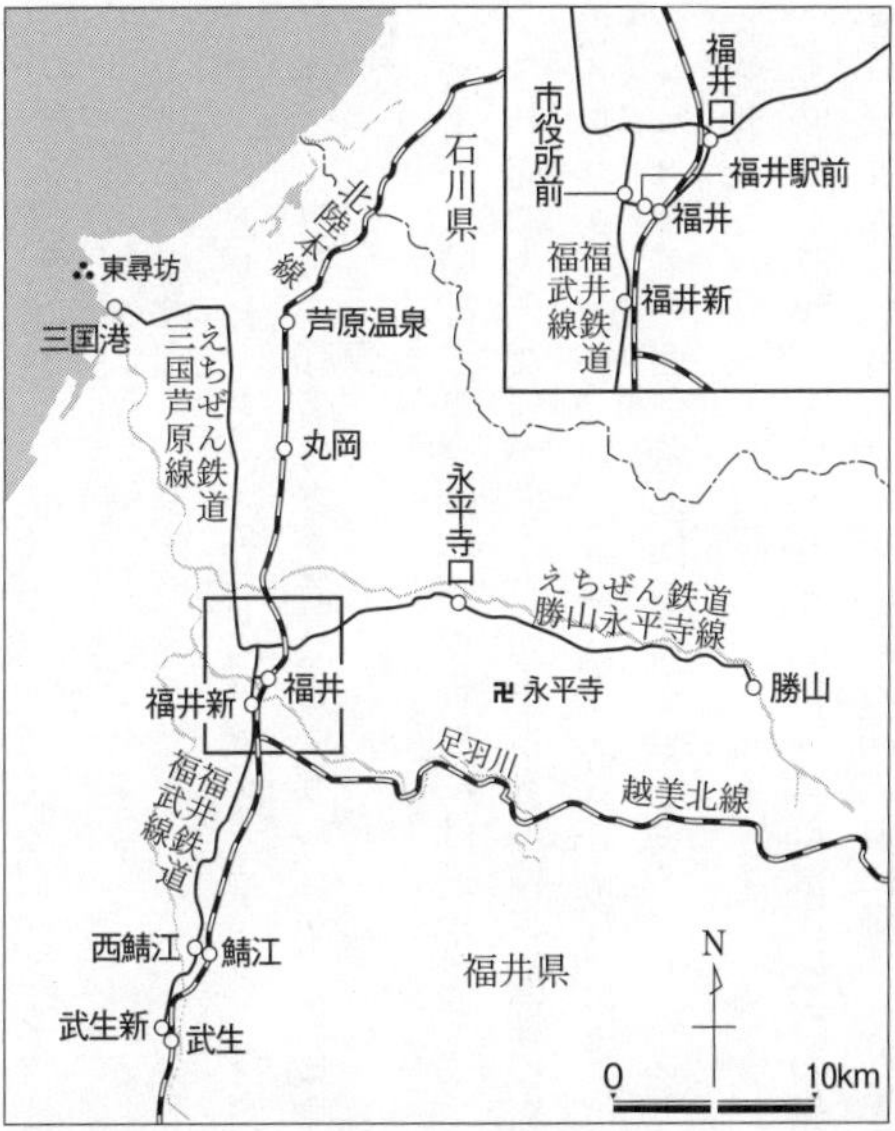

終点の三国港で降りたのは、私たちを入れて四人だった。小さな無人駅を出ると、すぐに海岸道路だ。バス停はあっても、東尋坊行は一時間待たなくてはならない。

なぜかつぎつぎ地元のお客が入ってくる温泉センターまで歩いて、タクシーを呼んだ。

東尋坊の崖は高く、淵は深そうだ。

「思いとどまれ」という立看板がある。「もう一度自宅に電話」と書かれた電話ボックスがある。自殺志願者は考え直せというのだが、自殺するには、ちょっと観光客が多すぎはしないか。

「でも、二時間ドラマ的犯罪の告白には適地ですよ」とOさんがいった。

目の前に大きな岩がある。何十本もの柱状節理の岩が束ねられて直方体の岩山となり、高くそびえている。裾では波頭が砕け、風波にさらされた頂上はほとんど平らだ。ジョン・フォードの西部劇に出てくるモニュメントバレーのメサみたいである。なるほど告白の適地だ。

二時間ドラマ、といわれると私はまた蟹江敬三の気分になる。Oさんは片平なぎさだ。あれは春先、いっしょに天竜浜名湖鉄道に乗ったときのことだった。

そのふたりが、もういい歳だし、いつまで喧嘩しているのもナンだから、と北陸旅行に出掛けた。電車に乗ったり、ソースカツ丼を食べたり、温泉センターで湯につかったりしているうち、事件に巻きこまれる。

「で、いろいろあった末に、犯人を東尋坊に追いつめて告白させるわけですね」とOさん。

「なんか安易だけど」と私。

「人生も二時間ドラマも、安易な方がウケるんです」

それは真理だなあ。

「崖上で告白する犯人は、誰がいいでしょう」

私は少し考えた。

「新党結成に加わろうとして、一日で気をかえた国会議員の〝姫〟とか……?」

「ちょっと軽すぎません?」Oさんはいった。「むしろ被害者の方が適役」

「そうだね。彼女には湯舟で浮いていてもらおう」

私は少し考えて、つづけた。

「犯人は岡田茉莉子さん、というのは?」

「いいかも。でも、貫禄すぎません?」

「でも、まんざら福井県に縁がないでもないし」

岡田茉莉子と福井は、間接的に関係がある。映画監督のダンナさん、吉田喜重は福井市の絹織物商の息子である。旧制福井中学生(現藤島高校)のとき福井大空襲で実家が焼失、一家をあげて東京へ移った。

東大文学部を出て、昭和三十年(一九五五)、松竹に入社、助監督になった。やがて若くして監督に昇格、篠田正浩、大島渚らと「松竹ヌーベルバーグ」と呼ばれた。その後一時会社に干されたが、女優兼プロデューサーの岡田茉莉子に強く乞われて、メロドラマの傑作『秋津温泉』をつくった。昭和三十七年のことだ。その翌々年、南ドイツ、バイエルンの教会でふたりは結婚した。中学三年生だった私は、体育教師が読んでいたスポーツ新聞でその写真を見て、やっぱりスターといっしょになろう、と思った。

Oさんがつづけた。

「で、殺人の動機は？」

「〝姫〟の暑苦しさのせい、というのは？」

「もうひとつですねえ」

私はいった。

「たんに過去を知る者は殺す、ということでは？　過去は、なんであれ恥ずべきものだというのが松本清張以来のお約束だから」

あまり納得していないようすなので、私は考え考え、こんなことをいった。

岡田茉莉子の若い頃、成瀬巳喜男『浮雲』の伊香保温泉の飲み屋の浮気な若妻、小津安二郎『秋日和』の小生意気なOL、『秋津温泉』の温泉宿の情の深い若女将、みなびっくりするほどきれいだった。しかし美貌は、はかない。波が東尋坊の岩を浸食するように。そういう時の流れそのものに対する怒りが動機で〝姫〟はうざったいからついでに殺しちやった。

「ということで手を打たない？」

「なんか不条理劇みたいですね」

「不条理と通俗は相性がいいんだ」

私はさらにいった。

「崖の上の岡田さんがいう。片平さん、あなただって昭和五十年代前半のアイドル時代を思い、三十年後のいまを思えば、むくむくと怒りが湧きあがりませんこと？」

「むくむくと湧きますか」

「湧くよ。君だって、あと十五年も経てば」

私たちは崖近くから、両側に土産物屋の立ち並ぶ道を戻った。海産物屋ばかりだ。イカ焼きのにおいが、濃く漂う。

駐車場で昼寝中のドライバーを遠慮がちなノックで起こし、タクシーでJR芦原温泉駅へ行った。そこから北陸線の普通電車に乗った。

さびしい西金沢駅で降り、通りをへだてた、その何倍もさびしい、というよりボロい北陸鉄道新西金沢駅からふた駅、金沢市街はずれの野町まで行った。

野町―JR金沢駅には南北から北陸鉄道が乗入れる路面電車をつくればいいのに、と私

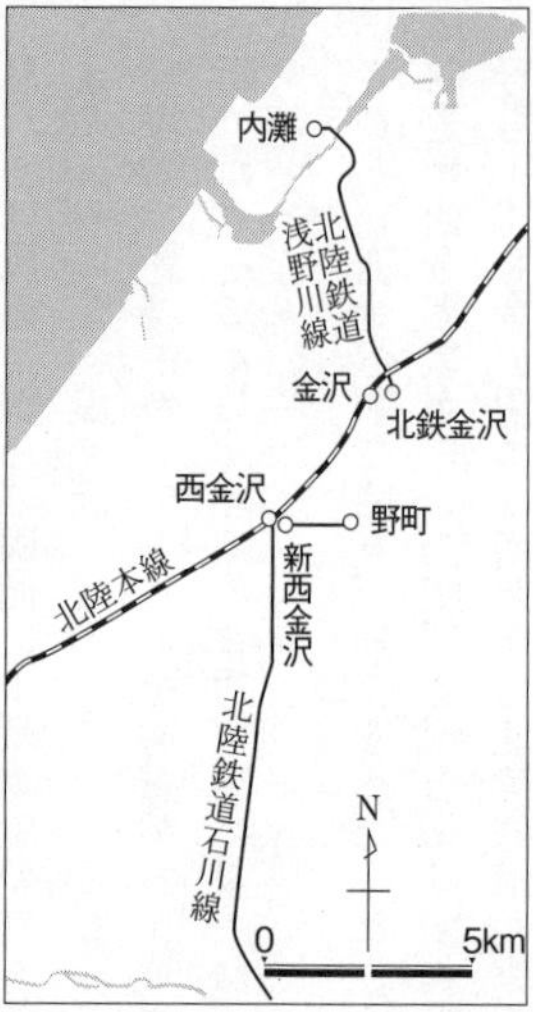

は思う。金沢のスケールなら路面電車が合理的、かつ似合う。

バスが着いた金沢駅の地下で、もう一度北陸鉄道に乗った。こちらには、海岸の内灘駅まで七キロ足らずの浅野川線が走っているので、その路線を往復した。

金沢から、宿泊する予定の高岡まで乗った北陸線が、早朝の新幹線より数えて八本目の電車である。北陸鉄道浅野川線の往復を二本と数えるなら九本目だ。一日にしてはよく乗った。何がおもしろいんだか自分でもよくわからないが、退屈はしない。

北陸線の車中で、私はOさんにいった。

「吉田喜重監督、岡田茉莉子主演で『女のみづうみ』という映画があってね」

「はい」

「自分の裸体写真をネタに脅迫された女主人公、岡田さんが、写真を返せと交渉するうち、相手の悪い男に執着するようになるという話なんだ。原作は川端康成の小説なんだけど、あまり関係がない」

「悪い男は、誰がやるんですか」

「露口茂だったと思う」

「で、その映画がどうしました」

「ラストシーンが汽車なんだ。昭和四十一年の映画だから客車。その最後部。連結部が開口したままの」

「はい、はい」

「その最後部で岡田さんが露口茂に迫る。立場が逆転して、もう露口茂はたじたじという感じ。そのシーンが、けっこう長いんだよね。ほかのところはあんまり覚えていないんだけど。やっぱり汽車好きなんだろうね。ちょっと自分でもやだけど」

「やですか」

「やだよ。高校生時分から汽車好きじゃ大成は望めない。でも、どこで撮ったんだろうとずっと思っていた。今年、たまたま吉田監督に会う機会があったんで聞いてみた。そしたら、北陸線なんだそうだ。福井駅からの普通列車で、富山までかかったといっていた」

Oさんは全然感動してくれなかった。過去はやはり恥ずべきものなのである。

「今度は私が、ちょっといいですか」Oさんがいった。「東尋坊なんですけど、イカ焼きをたくさん売ってましたね」

「名物なんだろうね。僕も一本買えばよかった。イカ好きなんだよ。君に笑われそうで、つい遠慮した。失敗だった」

「ずっと崖までの道はイカ焼きくさかったですよね」

「平和な日常のにおいだった。昭和四十年代的というか」

Oさんはいった。

「あんなにおいを二〇〇メートル分も嗅いだあとで、自殺する気分になれますかね。犯罪を告白したりしますかね」

たしかに。虚を衝かれた思いがした。

「そりゃ、なんだね」私はいった。「自殺する気にはなりにくいだろうね。告白の方は、ええと、元来が不条理劇なんだからさ、イカくさい方が、かえっていいと思う」

翌日の朝は比較的遅かった。九時〇三分発の城端《じょうはな》線に乗り、終点の城端まで行って引返した。往復六〇キロの旅である。

東の庄川、西の小矢部川《おやべがわ》、ふたつの川の水路が輻湊《ふくそう》して巨大扇状地をなす砺波《となみ》平野の豊かさに強い印象を受けた。

電車の内壁に、『忍者ハットリくん』の絵がかかれていた。高岡は藤子・F・不二雄と藤子不二雄Ⓐの出身地なのだ。

まだ戦時中の昭和十九年(一九四四)、父親に死なれた安孫子素雄(Ⓐ氏)が、富山湾岸の氷見《ひみ》から高岡市に母親とともに越してきた。転校した定塚《じょうづか》小学校五年二組で藤本弘(F

氏）と同級生になった。その後、Ⓐ氏は高岡高校に、F氏は高岡工芸高校に進んだのだが、ふたりが三年生であった昭和二十六年、「毎日小学生新聞」紙上の「天使の玉ちゃん」という共作マンガでデビューした。筆名は、あこがれていた巨匠（といっても五歳年長にすぎないのだが）手塚治虫にあやかって、足塚不二雄とした。

彼らが藤子不二雄となり、手塚治虫のすすめで上京したのは昭和二十九年六月二十八日、二十歳のときである。三角屋根の上に時計塔を載せた高岡駅から汽車に乗った。

椎名町のトキワ荘に、赤塚不二夫や石ノ森章太郎、寺田ヒロオらと住んで、仕事をした。昭和三十年代の、貧しいけれども希望のある修業時代だった。その後ふたりは『オバケのQ太郎』『怪物くん』『パーマン』『ドラえもん』『魔太郎がくる!!』とヒット作を生産しつづけたが、昭和六十二年（一九八七）、五十三歳のときコンビを解消して、藤子・F・不二雄と藤子不二雄Ⓐと、それぞれ名のることになった——。

というような歴史は、前夜Oさんと入った「すえひろーど」の「日の出寿司」で、そういえば高岡は藤子不二雄先生の故郷だったねえ、などと話しているのを聞きつけた四十がらみの店主が、わざわざ見せてくれた小冊子『『まんが道』ゆかりの地／ツアーガイド・in・TAKAOKA』に出ていたのである。昭和二十年代の高岡市街が舞台になった『まんが道』の抜粋を中心にした小冊子には、「制作・発行／高岡市立定塚小学校PTAと夢たかおか実行委員会」のクレジットがあった。

「いまでも高岡高校、高岡工芸、高岡商業は卒業生の結束がかたいんですね。あたしは新設高校の出身だから、うらやましくって」

ちばてつや、ちばあきお兄弟のファンだという店主は、そういった。

城端から高岡へ引返し、JR高岡駅構内の立ち食いソバ屋「今庄」で「チャンポン」を食べた。駅ソバに詳しいOさんの計画である。

「駅ソバは、天ぷらソバと決めています」

「まんが」にも「道」はあるが、駅ソバにも「道」はある。

「チャンポン」とは、ソバとウドンが半分ずつ、なるほどこれなら一食の価値はあると思いつつ食べ終った瞬間、Oさんに、走れ、といわれた。

駅のおもて、路面電車の始発停留所まで走るのだ。動き出していた万葉線の電車が、わざわざ停まってドアを開けてくれた。これを逃すと十五分待ち、電車乗りの「道」もけわしいのである。

万葉線は、昭和二十三年（一九四八）に開業し、後に加越能《かえつのう》鉄道に譲渡された富山地方鉄道伏木《ふしき》線が原点である。それが富山地方鉄道射水《いみず》線に接続して、富山湾沿いを富山市まで結んだ。しかし途中の越ノ潟に富山新港が建設されると線路は寸断され、やがて射水線は廃止となった。万葉線側も昭和五十年代から利用者が減り、さらに庄川鉄橋が台風で流

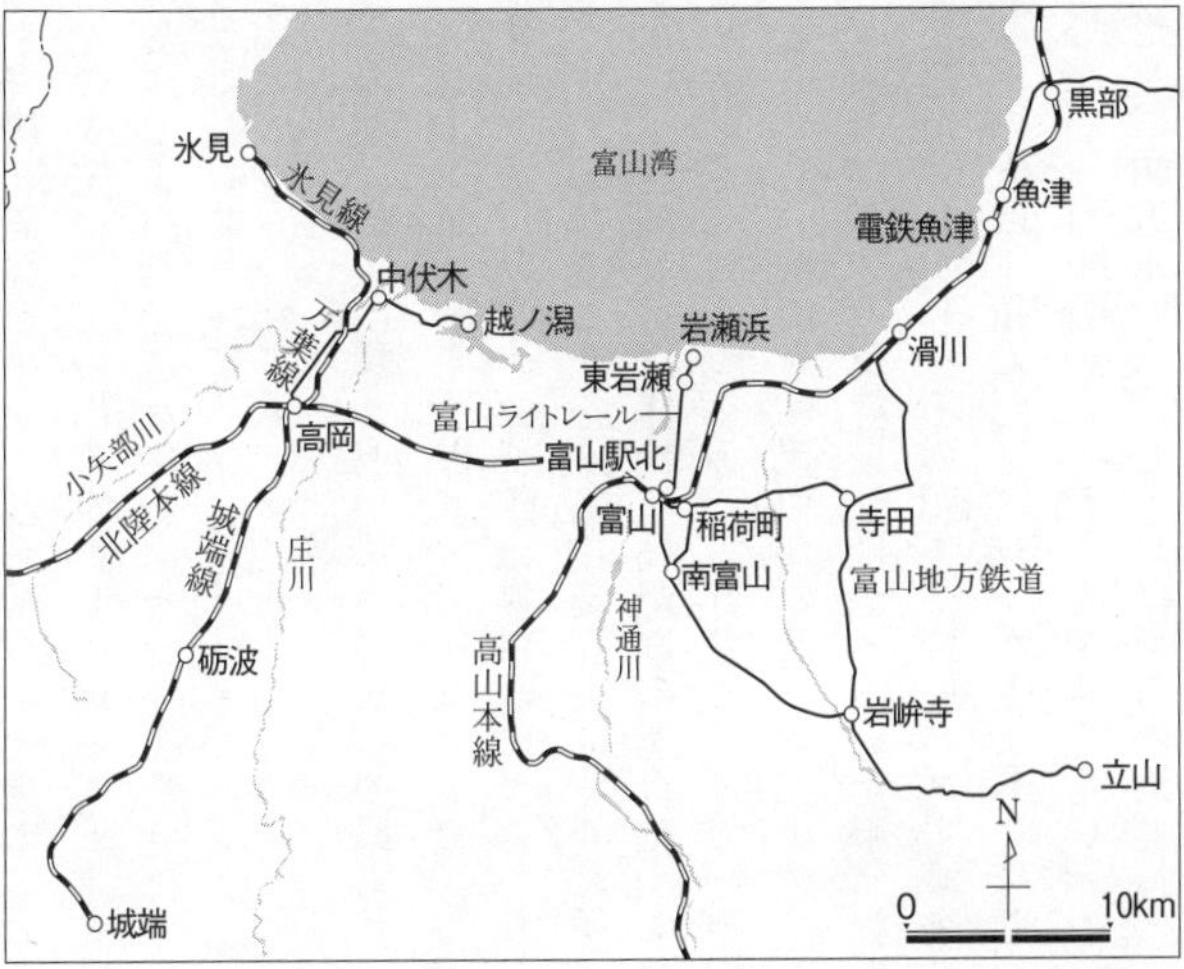

失したりで、廃止の検討対象となった。

平成十三年、撤退した加越能鉄道にかわって第三セクターとして再出発した万葉線は、自治体関係者が経営に参加せず、市民が出資者に加わるという画期的なものになった。新型車輛の購入資金も市民の寄付でまかなわれた。

その万葉線を中伏木《なかふしき》で一度降りた。小矢部川の如意《によい》の渡《わた》しの渡し船に乗るためだ。これもOさんの指図である。川岸の渡船場まではすぐだが、発船時刻なのに船がいない。利用客は一日に五十人ほど、たいていは朝夕の自転車の高校生で、普段は対岸の客が手を振ったらきてくれる。時刻表をよく見ると、「定時運行は七時と一九時の二便、その他は時刻表を目途に運行」と注記してある。

弁慶と義経が平泉へ落ちて行くときの「勧進帳」事件は、歌舞伎などでは石川県小松近くの安宅の関での出来事としているが、本来はここ、如意の渡しなのだ、などと渡し船の愛想のよいおじさんにレクチャーを受けた。そのあともう一度対岸へ渡してもらい、再び万葉線に乗継いだ。

万葉線終点の越ノ潟からは、無料の県営フェリーで富山新港の湾口を渡った。本来は潟の出口にかけられた橋でつないでいた道路を寸断したのだからと、五年後に長大橋が完成するまで、県営フェリーは無料なのだという。

私たちはそこから、富山ライトレールに乗るために岩瀬浜まで行きたいのだが、バスがない。岩瀬浜行は休日の昼だけの運行だ。タクシーを呼ぼうとしたら、フェリーの人が、タクシーは高くつくから四方《よかた》までバスで行って、そこから先を別のバスかタクシーにしろ、といった。富山人は親切なのだ。

四方は、昔万葉線とつながっていた射水線が、神通川左岸で南に折れる地点にある海岸集落だ。しかし、その四方までのバスも滅多にはこないのだ。もったいないなあ、とフェリーの人は、頼んだタクシーがきてもこぼしつづけた。四方まで、海岸沿いをのんびり歩いて行けば気持いいんだがなあ、ともいった。タクシーに乗ってみてはじめて気づいたのだが、四方まで六、七キロはあるのだ。

富山ライトレールは、JRの旧富山港線のレールを流用している。富山港線が北陸線に合流していたその直前の交差点を右折、あらたに敷かれた路面軌道に入る。約一キロで富山駅北、終点である。全長は七・六キロ、機能的でカラフルな二輛連接の低床電車が走る。その、海側の終点が岩瀬浜だ。

岩瀬浜で思い出すのは、宮脇俊三のことだ。

四十八歳で国鉄全線二万キロの「乗りつぶし」を志したとき、宮脇俊三はすでに全線の九〇パーセントに乗っていた。しかし残る一〇パーセントは遠隔地にあったり、一日の便数が極端に少なかったりするので、それまでの「たんなる楽しみ」ではなく、時刻表から緻密に組立てた「計画」と「努力」が必要な段階に入った。

その第一歩として彼は富山県をめざした。寝台急行「越前」で上野駅を出発、早朝、富山駅に着いた。昭和五十年（一九七五）九月二十四日、秋分の日である。まだ中央公論社に勤めていたので、汽車旅はおのずと週末か休日になる。

もっとも、遠からず退職することを考えていたのだろう、「児戯」にひとしい趣味だと恥じて社内では秘していた鉄道好きを、大っぴらにした。そうすれば、夜行列車の出発まで持てあました時間を、同僚が酒につきあってくれるからである。

その日彼は、のちに第三セクター神岡鉄道となり、さらにのち廃線となった国鉄神岡線にまず乗るつもりだった。そのあと富山へ引返して富山港線に乗る。

しかし神岡まで行き、神岡線の始発駅猪谷まで戻ったとき、思わぬ失敗をした。富山行だと信じて猪谷駅であえて車内にとどまりつづけていたのに、その列車が実は神岡へ引返す列車だった。おなじホーム、おなじ番線の先の方に停車していた富山行は、すでに出発した。時刻表読みのプロでもこんな失敗をする。

つぎの列車で富山へ向かったが、予定していた富山港線にはもう乗れない。

宮脇俊三は富山駅前からタクシーを飛ばした。終点の岩瀬浜で、折返す列車をつかまえるつもりだった。なのに、富山の道路には信号が多い。それがまたよくひっかかる。おまけに富山のドライバーは過剰なまでに遵法的だ。電車に間に合わないから急いでくれとはいいにくい。

結局、間に合わぬと見切って、終点ひとつ手前の東岩瀬駅で降りた。ホームに出ると、岩瀬浜を出発した列車が走ってくるのが見えた。

そのとき乗り残した一・一キロ分を宮脇俊三が「つぶした」のは二年後、『時刻表2万キロ』もすでに終盤近い昭和五十二年五月のことである。このときは徳島県の二線と能登線の先端、それにこの富山港線の乗り残し、合計一八・三キロを「つぶす」ために二一三・二キロを旅したことになった。

現在の岩瀬浜駅はすっかり様がわりして、小公園のようである。さわやかな海風が吹くなかを、かわいい連接トラムが入線してくる。この風景を宮脇さんに見せたかった。

私たちは富山ライトレールで富山駅へ戻り、市内電車に乗った。終点の南富山から、富山地方鉄道不二越線で富山のひとつ手前、稲荷町まで行って、そこで乗換え、電鉄魚津まで行った。全体になりふり構わない感じの富山地方鉄道だが、稲荷町駅の古さ加減は特筆ものだ。栄光の昭和戦前が、そのまま化石化したかのようだ。

往復した線や、途中下車して乗直した電車も勘定に入れれば、この日一日で乗った電車は九本。魚津からはJRの在来線と上越新幹線に乗るから、さらに二本。すると二日間では二十本、少し欲張りすぎたようだ。おもしろかったが、たいへん忙しかった。趣味に対して、あまりに一途になりすぎるのは、ちょっとオトナげないと反省したいと思う。鉄道は「道」ではないのである。

徒労旅同行志願

――小海線と北関東一周、東北地方東半部周回

「男の子」に汽車好きが多いとは承知している。しかし理由となると、自分もそのひとりであるのに、わからない。幼児体験の何かが導くのか、乗り物好き系汽車派といった遺伝子の働きなのか、見当がつかない。

汽車好きにもいろいろある。乗るのが好き、時刻表を「読む」のが好き、写真を撮るのが好き、蒸機だけが好き、鉄道雑学が好き。しかし、それぞれの派閥同士はあまり話しあわないし、話していても愉快ではないようだ。

私は、たんに乗るのが好き、日本の地方色を車窓と車内風景に見物するのが好きなのだが、記憶や経験の収集に傾きがち、という点では他の鉄道ファンとおなじだ。そこが、ちょっとくやしい。なんであれ収集癖は、人に自慢できるような趣味ではない。

なのに、鉄道趣味が昨今はブームの様相を呈している。廃止になる寝台特急最後の運行の日の東京駅ホームの混雑ぶりなど、正気の沙汰かと思う。

背景には、昭和戦後への郷愁があるのだろう。車窓風景の見えない寝台特急の旅は、疲

れるだけだというのが通り相場だったはずだが、成長する日本とともに走っていたという思いが郷愁を誘うのだろうか。本来無趣味な人々が、安上がりな回想に集団的に身を委ねてみただけ、ということか。

鉄道趣味には、人のことはいえないが、どこかかたくなさの印象が付帯する。求道性、といいかえてもいい。なにしろ用もないのに乗るのである。そして、いわゆる観光などいっさいせず、ただ乗るばかりで帰ってくるのである。求道性というと聞こえはよいが、徒労や虚無感と紙一重の関係にある。

編集者のK君は四十歳になったかならずかである。その彼に、これまでの汽車関係の原稿をまとめるにあたって、いくらか書下し原稿が欲しいといわれた。つまり、どこかへ乗りに行ってこいというのだ。私は、よい季節になったら暇を見つけてと答えた。しかしK君は口ごもる。何かいいたげでいて、はっきり口にしない。

ローカル列車乗継ぎの小周遊旅行に自分も同行したい、と彼がいい出したときは、心底びっくりした。鉄道趣味を持たぬ人がそんなことをしたがるなどとは、思いもしなかったからである。

東京から日帰りの周回コースを考えて、春先の一日、K君と小淵沢駅で待ちあわせた。小淵沢から小海線で小諸、小諸から第三セクターしなの鉄道で軽井沢、軽井沢―横川間の鉄道は長野新幹線開通のときに廃止されてしまったから連絡バスで横川へ下る。そのあとは昔の信越線の名残りで高崎へ。高崎からは両毛線で関東平野の北のへりを半周、小山《おやま》から湘南ライナーで新宿へ帰ってくるという一日の計画である。途中に何があるというのではない。漫然と普通列車を乗継ぐだけである。

小海線は昔、野辺山まで乗ったことがあるだけだから、この際全部乗ってみようと思ったのである。

あれは昭和四十七年（一九七二）の夏だった。アルバイト先で知りあった田中君と新宿でお酒を飲んだ。田中君はお芝居に志のある青年だった。帰りがけの駅まで歩く途中、このままどこか遠くへ行っちゃおうぜ、という話になった。酒の勢いである。新宿は若く、私たちも若かった。日本は貧乏くさい元気に満ちていた。

新宿駅で発車を待つ、松本行夜行列車に乗った。とても混んでいたのは、登山とハイキングがはやっていた時代だからだ。おかげで床にすわりどおす破目になった。酔いがさめるにつれ後悔の念が湧いてきたが、乗りかかった夜行列車、と痩せがまんした。

早朝、小淵沢駅で降りた。小海線に乗ったのは「高原」の語感にひかれてのことだ。だが、小海線のディーゼルカーも、ひどい混みようだった。朝八時台の、とはいわないまでも、七時台の東京の国電なみだった。

気分が悪くなった私は、景色をたのしむどころではなかった。野辺山で下車したときは、もう力尽きていた。駅を出てさわやかな朝の空気を吸い、蛇口から直接つめたい水を飲んだ。田中君が背中をなでてくれた。なんとか気分は回復したけれど、もう何かをする元気とお金がない。私たちはつぎの列車で引返した。それで気まぐれな、実りのない小旅行は終った。

その後の田中君の消息はわからない。気をつけて見てはいたが、お芝居の世界で大成したということはないようだ。頭はよくとも、どこか運の悪そうな青年だった。

私とK君が乗った小海線の列車のさして多くはない観光客は、たいてい野辺山で降りた。それからしばらく、まばらな客を乗せたまま走る。ある地方から別の地方へ、文化圏が移るときにはよく見られる現象だ。臼田駅から高校生や老人の客が乗りはじめ、適度な混雑は岩村田、長野新幹線と連絡する佐久平までつづき、小諸へ向かうとまた空く。小海線は佐久地方の幹線なのである。

小諸駅前広場を、三方から囲むように建てまわされた商店街のビルの偉容には目をみはった。昭和四十年代的モダン建築の駅舎は各地に残っている。そんな駅舎には懐旧の念を誘われるが、小諸の昭和四十年代型観光地駅前のたたずまいには、ただただ圧倒される。高度成長時代の団体客の、軍靴の響きにも似た足音が聞こえてくるようだ。

その同時代、『街道をゆく』の旅の途中、佐久平から北上して小諸に達した司馬遼太郎は、駅前広場の胸壁のような商店街に恐れをなして、すぐに小諸を去った。近くの小諸城

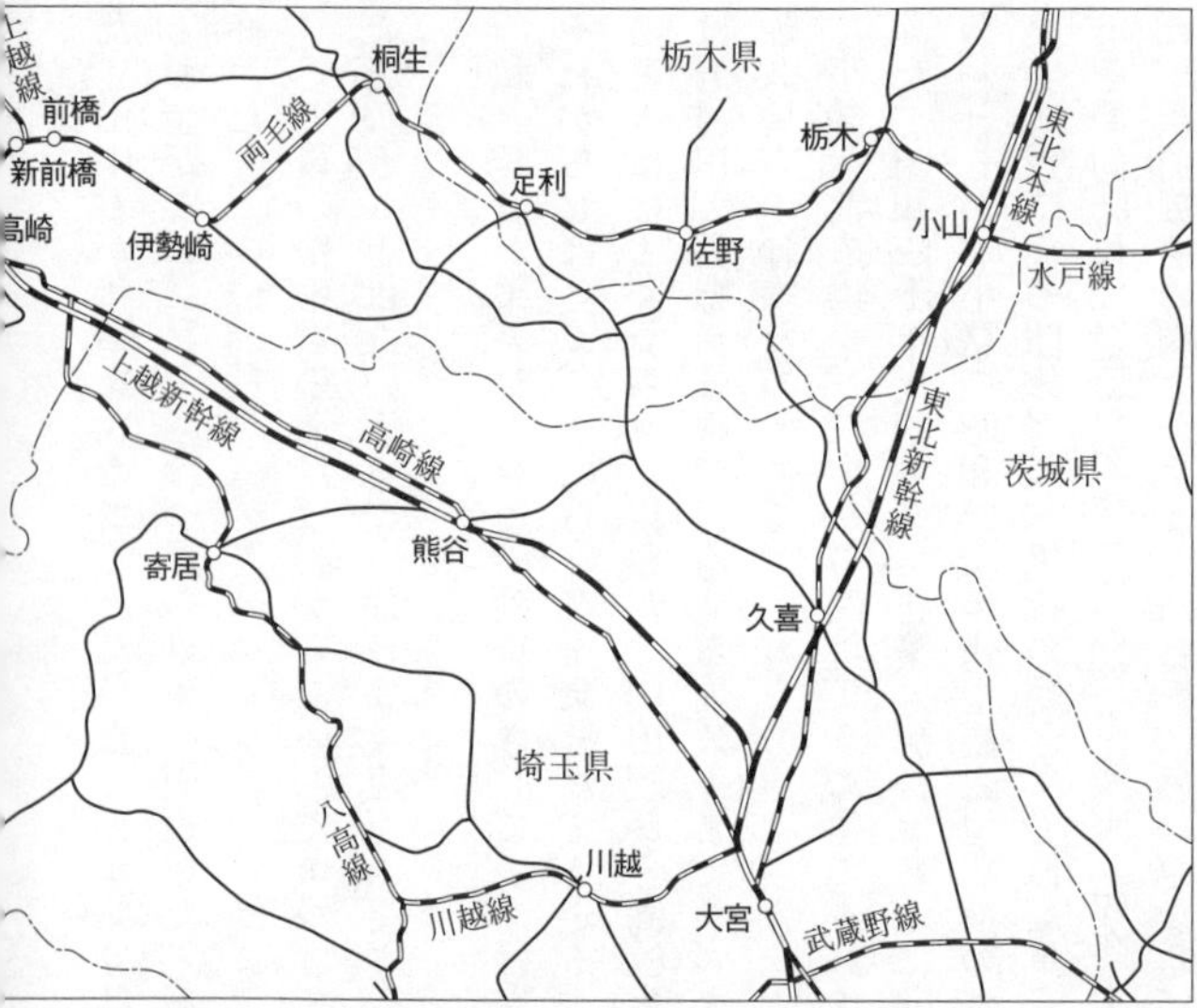

址・懐古園も訪れなかった。惜しむべきことだが、当時なら無理もない。懐古園、小諸義塾といえば島崎藤村である。彼は、ロマンチストなのにねちっこいタイプの野心家だから、もともと司馬遼太郎の好みではなかったのだろう。私だって好みとはいえないが、しなの鉄道との連絡に余裕があったので両方とも見学した。そして両方とも堪能した。

軽井沢からの峠をバスで下った横川では、広大な旧駅構内を利用した鉄道展示を見た。これもおもしろかったが、参観者は私たちのほかふたりだけだった。

終着駅となった横川駅の売店に「峠の釜めしあります」の貼り紙が

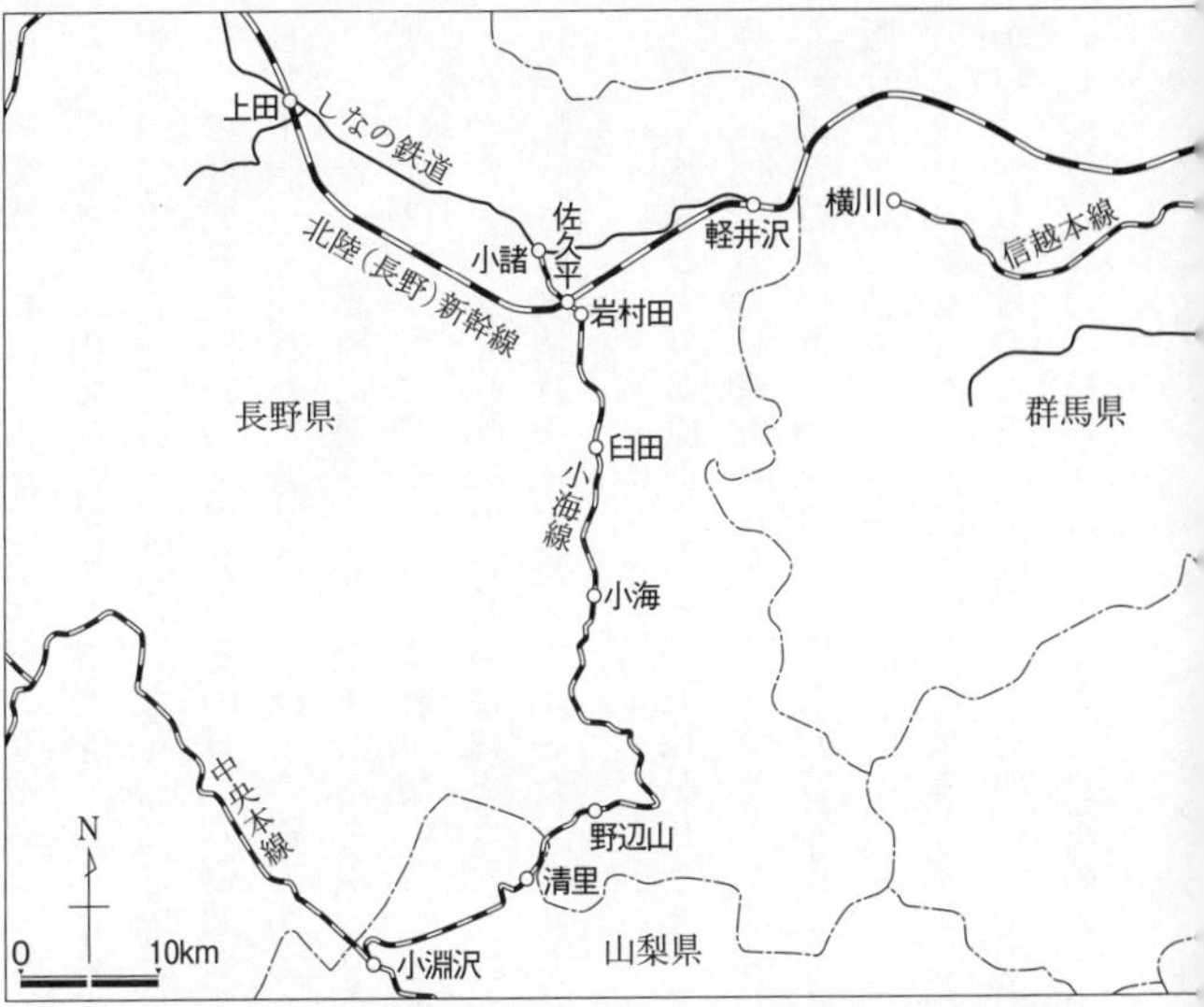

あったのでふたつ注文した。すると、おばさんが売店を留守にして、本店だか工場だかへとりに行った。

横川名物「峠の釜めし」は、古くからの駅弁屋、荻野屋の美人姉妹が考案、昭和三十三年二月から、一個百二十円で売り出したものだという。歴史は比較的あたらしい。土釜の容器に入ったあたたかい味つきご飯、多彩な具、それまでの駅弁の常識をくつがえす商品だった。アプト式機関車付換えのための比較的長い停車時間を利して売ろうとしたのだったが、当初はさっぱりだった。駅弁としては高めの値段がたたったのだろう。

それが、その年の夏のある日の午

後から突然売れはじめた。文字どおり飛ぶように売れるのである。

「文藝春秋」に出ていた釜めし弁当をくれ、と客は口々にいった。横川の釜めしはうまい、容器の釜も持ち帰ればちゃんと一合炊きに使える、と書かれたコラムが載った「文藝春秋」の発売日だったのである。その日、六百個の釜めしを売り切り、夏休みの終りには一日二千個近く売れた。雑誌にそれほどの威力があったとは、まさに昭和だ。まさに歴史だ。

午後遅くに高崎に着き、暮れなずむ両毛線とローカル線をめぐって小山に着いたときには、もう夜だった。どうということのない沿線と車内のようすであっても、私にはおもしろかった。しかし趣味のないK君にはどうだったか。借りをつくった気分だったが、K君は退屈そうな表情はとくに見せなかった。ゆかしい人なのである。


汽車旅はひとりが原則である。孤独が好きというわけではない。自分でもそのおもしろさを説明できない趣味に、他人をつきあわせるのははばかられる。

鉄道紀行というジャンルを確立した宮脇俊三も、ひとり旅をもっぱらとした。だが、出版社を辞めて独立したその年、昭和五十三年（一九七八）十二月五日から七日まで、例外的にふたり旅をした。全三十四日の乗車で完成した『最長片道切符の旅』の、二十五日目から二十七日目のことで、同行者はその単行本の担当者、新潮社のKさんであった。

「私の鉄道旅行とはいかなるものかを見定めようというのが目的らしい」と宮脇俊三は書

いている。だからKさんに気兼ねする必要はないといえるのだが、「目的がはっきりしていれば退屈しないというわけでもないだろう」。

汽車好きは、その好みと行動を子供じみていると認識している。だから、他者に退屈やがまんを押しつけることになりはしないかと恐れる。

宮脇俊三はそのとき山陰にいた。中国地方のローカル線をめぐって岡山に達し、そのあと四国・高松に渡るつもりだった。

前夜、鳥取は東郷池のほとり、松崎の旅館に泊った。地味だが感じのよい宿だった。翌朝早起きして、普通列車で倉吉まで行った。朝六時すぎに倉吉へ着く寝台急行「出雲」でKさんは東京からやってくる。

Kさんは眠そうだった。車中では眠れず、あかりのついている洗面所に立って本を読んでいたのだという。Kさんはこのとき三十一、二歳だったろうか。

米子の手前、伯耆大山《ほうきだいせん》駅で伯備線に乗換えて中国山地に入った。これから二日かけて、いわゆる陰陽連絡線を同一の区間には乗らず、しかるに行ったり来たりを五回繰返すのである。中国山地を布地に見たてて、家庭科の運針の練習をするようだ。

Kさんは無口な人で、そんな徒労のゲームの間、ほとんど喋らない。新見《にいみ》駅でやっと駅弁が買えた。ついでに新見地方の週刊新聞を買って、「七人生まれて七人死んでますね」といった。一週間分の訃報・誕生欄を見た感想である。その日は日本海側、島根県江津《ごうつ》駅前のビジネスホテルに泊った。

ちっとも進まないのは、工夫に工夫を重ねて設計した鉄道ひと筆書きのコースだからだ。たとえば長野県辰野と塩尻は一八・二キロメートル離れた、どちらも中央線の駅である。直行すれば二十五分だ。

なのに極端に大まわりしてたどり着くのが最長片道切符たるゆえんで、まず東京方面から豊橋経由飯田線で北上、辰野へ行く。そこで中央線に乗換え、東京方面に少し戻って小淵沢へ。さらに小海線で小諸、信越線で高崎、上越線で小出《こいで》へとつなぐ。小出からは只見線で会津若松、磐越西線で新津、羽越線で新発田《しばた》、白新線で新潟、越後線で柏崎、信越線で宮内ときて、上越線で越後川口へ至る。越後川口は小出の一〇・六キロ新潟寄りの駅だが、そこへ着くために四三六・八キロ分遠まわりをした。

越後川口からは飯山線で豊野、信越線で直江津、北陸線で糸魚川、大糸線で松本へ。松本で中央線に乗って塩尻である。辰野から一八・二キロの塩尻へ達するのに、合計一〇七五・八キロを移動したわけだ。

宮脇俊三は、こんなややこしいルートの切符を渋谷駅でつくってもらった。自分で行程と距離を計算したレポート用紙三枚を、おずおずと窓口に提出した。

いつかはこんなのがくるんじゃないか、と思っていたよ、とつい立ての蔭で駅員たちが困惑の話し合いをしている。と、若い声がいった。「いいですよ、やりますよ、どうせ誰

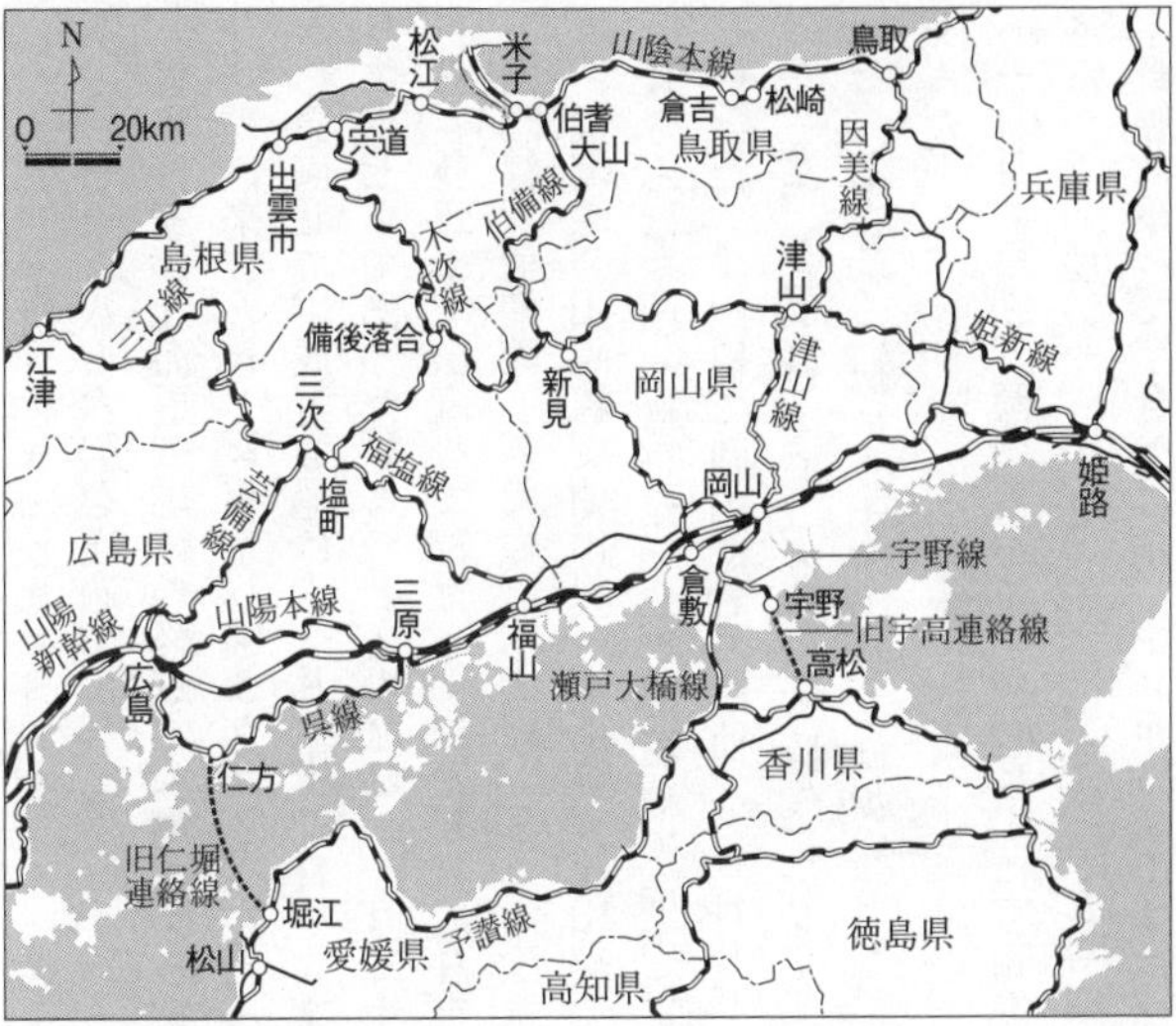

かがやらなきゃならないんですから」

四日後、切符ができたと連絡があった。「広尾―枕崎」と表面に手書きした、幅一〇センチ、長さ七センチほどの券片には、有効期間六十八日、六万五〇〇〇円とある。

広尾は北海道、枕崎は鹿児島県である。裏面には百五十線ほどの線名と経由地が、ぎっしり書きこまれている。

「お客さまの計算をもとに切符を発行するわけにはまいりませんので」と、宮脇俊三が書いたレポート用紙を眺めながらいった係員が、自分で経路をなぞって距離と運賃を計算しなおしたのである。それでも山陰の木次《きすき》線、三江《さんこう》線、鹿児島県の大隅線が欠落していた。

この「最長片道切符」の総乗車距離

は一万三三一九・四キロ（国鉄連絡船二〇一・〇キロを含む）、当時の国鉄の五千百三十七駅中、三千百八十六駅を通過する。

宮脇俊三が北海道広尾線の終点、広尾駅から乗車したのは昭和五十三年十月十三日であった。以来、ときどき東京へ帰りながらえんえん乗継いだ。十一月二十三日に南武線登戸《のぼりと》から乗直して、辰野通過は十一月二十五日、大まわりの末に塩尻まで戻ってきたのは十一月二十七日であった。このときの旅は十一月三十日、福井県敦賀で終えた。そして十二月三日、敦賀まで出直して続行、十二月五日に倉吉駅でKさんと待ちあわせたのである。

山陰線、伯備線、芸備線、木次線、また山陰線とつづいた旅の二日目は、江津から三江線、福塩《ふくえん》線、山陽線、伯備線、姫新《きしん》線、津山線をたどって岡山までである。

Kさんはやはり無口だった。福塩線で福山に出たとき、「大都会に来たみたいですね」といった。津山線で岡山に着く直前、「一日じゅう汽車に乗っているのは……」といいかけた。「つまらないでしょう」と宮脇俊三が水を向けると、「いや、おもしろいです」といった。「山登りに似てます。山登りは歩いているときがおもしろいのです」。それで口をつぐんだ。

三日目の早朝、岡山のホテルのロビーに宮脇俊三が降りて行くと、東京へ帰るはずのKさんが立っていた。「どうしたのですか」と尋ねても、笑って答えない。結局いっしょに宇野線に乗って宇野へ行き、宇高連絡船で高松へ行った。Kさんは、そこから引返して新幹線で東京へ戻るのだという。ふたりは高松港の桟橋で、「どうもどうも」といいかわし、あっさり別れた。

この先、宮脇俊三は四国を半周、松山の北方の堀江から仁堀航路で広島県仁方《にかた》に渡った。これも国鉄である。仁方から三原まで呉《くれ》線で出て、東京へ帰った。その翌日、彼は五十二歳になった。

「片道切符」を枕崎で完乗したのは昭和五十三年十二月二十日だった。途中下車するたびに切符に駅の印をもらっていたので、券面はハンコで埋めつくされていた。その歴戦の切符を撮影、単行本『最長片道切符の旅』のカバーに掲げたのは担当のKさんであった。

いかにも「昭和的」な旅を宮脇俊三とともにしたKさんは、先年定年退職された。無口で、いつも微笑をたたえている、老成した印象の人だった。宮脇俊三の本を読んで、Kさんにも青年時代があったんだなあ、と感じ入った。彼の場合、青年時代も五十歳台も、さしたる違いはなさそうでもあるのだが、Kさんほど作家から信頼された人はいない。宮脇俊三もそのひとりだった。

K君と私は翌月、もう一度汽車旅に出掛けた。今度は東北地方、岩手県、宮城県、それに福島県をめぐる。

早朝六時、一番の東北新幹線で新花巻へ行き、そこから釜石線に乗継いで釜石へ。釜石から三陸鉄道南リアス線で南下、盛《さかり》へ至る。盛からは大船渡線で一ノ関へ。一ノ関―仙台間は新幹線で、仙台から利府《りふ》までの盲腸線を往復する。

この線は東北線の枝線扱いで正式名称がない。東北線のルートが塩釜経由の仙台湾沿いに移されるまでは、こちらが本線だった。全線廃止とはならず、岩切から利府までの二駅分だけが生き残った。こういうときにしかこんな盲腸線に乗る機会はないと思い、計画に加えた。仙台からは東北線で槻木《つきのき》まで南下、そこから阿武隈急行で福島へ。福島で東北新幹線に乗換えて帰京、そんな予定だった。

合計は営業キロで一一九六キロ、うち新幹線が八六六キロ、JR在来線二三八キロ、第三セクター九二キロ、乗換え九回。一日でどれだけ乗れるかを試したのではない。たんに、汽車好きは欲張りなのである。ものにはついでがある、と考えがちなのである。しかし、まるで遊びのない移動の連続に、同行者を気の毒に思う気持は増す。

釜石線は岩手軽便鉄道以来の古い線で、宮沢賢治『銀河鉄道の夜』のモデルのひとつとされる。花巻から仙人峠まで大正三年（一九一四）に開通した。しかし仙人峠を越えることはできず、峠手前から荷物は索道で運び、人は歩いた。昭和十一年（一九三六）に国有化され、昭和二十五年、ルートを仙人峠の南へ大幅に変更して全通した。

その最後にして最大の難所、全長三キロの土倉トンネルを抜けて分水嶺を越え、陸中大橋駅を見おろす眺めは劇的だった。

岩手県
山田線
大曲
花巻
新花巻
釜石線
遠野
陸中大橋
横手
秋田県
北上線
北上
釜石
土倉トンネル
三陸鉄道南リアス線
奥羽本線
東北本線
水沢江刺
陸中松川
摺沢
盛
大船渡
大船渡線
一ノ関
陸中門崎
千厩
気仙沼
陸羽東線
くりこま高原
気仙沼線
古川
小牛田
前谷地
石巻線
女川
山形県
宮城県
仙石線
石巻
利府
岩切
仙山線
仙台
東北新幹線
岩沼
槻木
白石
角田
丸森
阿武隈急行
福島
常磐線
福島県
N
0
20km

線路が、ほぼ九十度北へ曲がる。眼下に谷川が見える。それと平行に、つまりいま列車が走っている線路と完全に平行に、はるか下を線路が走っている。列車の登り降りはとうてい無理と思わせる標高差だ。やがてまた長いトンネルに入る。トンネル内部は全線カーブだ。逆方向に一度ハンドルを切ってから角を曲がる大型トラックのような走りかたを、列車がする。闇を抜けると、もう陸中大橋駅が迫っている。嘘のようだ。なるほど、これなら一乗一見の価値はある。

三陸鉄道南リアス線では、リアス式海岸の精妙な美を味わった。だが、この地形は津波を増幅するだろう。死者二万七千人余りを出した明治二十九年（一八九六）の三陸大津波、昭和八年の三陸地震津波、そして昭和三十五年には太平洋を横断してきたチリ地震津波とつづいて、ついにツナミは世界語となった。途中の三陸駅でサラリーマン風の中年男性が降りた。野花が咲く無人駅の前で奥さんと犬に迎えられた。奥さんは彼のカバンを持ち、彼は犬の頭をなでた。

盛から一ノ関までは大船渡線である。

大正末年に敷設されたとき、一ノ関からの最短ルートで大船渡をめざさず、途中の陸《りく》中門崎《ちゅうかんざき》から直角に北上した。陸中松川で東に折れ、摺沢《すりさわ》まで行って真南に曲がった。千《せん》厩《まや》に達してまた東へ。ここからはほぼまっすぐ気仙沼へと向かう。

直線距離にして九キロほどの陸中門崎―千厩間を合計二六キロになるまで迂回したのは、

地理上の合理性のためではなかった。摺沢に線路を引きたい住民の意を体した政治家の圧力だった。おかげで人口希薄な摺沢―千厩間は、駅間九・二キロという全国有数の長さになった。

ねじ曲げられた線路のかたちが鍋の持ち手に似ている、というので鍋鉉《なべつる》線と仇名された。もっとも、いまはドラゴン・ラインと呼んでくれといっている。K君が降りしなに運転士に尋ねたら、恐竜の背中の突起のようだからと答えた。鍋鉉ももはやわかりにくいが、ドラゴンはもっとわからないだろう。


廃駅をくさあぢさゐの花占めてただ歳月はまぶしかりけり　　小池　光

よい歌だ。大船渡線の車中でしみじみしていたとき、廃駅かと見紛う無人駅から旅行者らしい青年が乗りこんできた。

青年というよりおじさんだ。乗るとすぐ、運転席の隣りに立った。ときどき写真を撮る。小太りで汗っかきの「鉄ちゃん」である。人のことはいえないが、あまり見よい姿ではないなと目をそらしているうち、いつの間にか消えていた。車中には見当たらなかったから、また途中の無人駅で降りたのだろう。

バス便もなさそうな小駅までどうやってきたのか、またどうやって戻るのか不思議だった。駅の近くに自分の車を停め、まれとはいえダイヤどおりにやってくる列車で往復したのだ、と思いあたった。

やはり徒労といわざるを得ないような長い一日、私たちは車中ではほとんど会話をかわさなかった。ひとりでいるときとおなじ、ただぽつねんとすわっているばかりである。

だが食事のときには、ふたりでいると助かる。とはいっても、乗換えに一時間の余裕があったのは三陸鉄道南リアス線から大船渡線への盛だけである。

地方の小都市の駅前は、全国どこでもさびしい。昭和からこちら、すたれるばかりで、盛駅前で目立ったのは葬儀屋であった。細長い街区を北へ歩いて、イタリア料理のレストランを見つけたときは嬉しかった。店の名を「ポルコ・ロッソ」という。「紅の豚」だ。主人が宮崎アニメのファンで、風貌がポルコに似ていること、それからポルコが根拠地にしたクロアチア側のアドリア海沿岸と三陸海岸がよく似た地形であることが命名の理由だ、と卓上のチラシにあった。

先客がいて、三十歳前後のOL四人組だった。地方の町で若い女性を見ると、それだけで元気が出る。というようなことをK君といいかわした。ランチもおいしかった。

ひとりだったら、こういう発見はない。レストランなど、はなから探すのをあきらめ、菓子パンなどで済ませていただろうからだ。実際そういうことはよくある。宮脇俊三も、汽車を降りたあとの食事と晩酌の相手だけは欲しいといっていた。

　結局私たちは、暇なのかあわただしいのかわからぬまま、夜まで移動しつづけ、九回目、最後の乗換えのために新幹線福島駅のホームへあがった。食べもの屋に入る余裕はなかったので、駅弁を買おうと思ったが売っていない。やむを得ず、チーズチクワと缶ビールを買った。K君は何も飲まず何も食べなかった。がまん強いところはKさんに似ている。

　缶ビール一本で私は酔い、東京まで眠った。もう夜もだいぶ遅くなった頃、東京駅に着いた。新幹線出口の外で、K君と「どうもどうも」といいかわして別れた。こんな徒労の旅につきあわせて申し訳ないという思いが、かえってあっさりとした別れにさせた。宮脇俊三も、おそらくおなじ気持だっただろう。

II

ポワロのオリエント急行

一九三二年十二月である。依頼された仕事をこなして（事件を解決して）シリア北部の町アレッポから汽車に乗った。二十七時間かけてイスタンブールに着いたエルキュール・ポワロは、当地で数日休息してからロンドンに帰るつもりでいた。

しかしホテルのフロントデスクで、「急ぎ帰国されたし」という電報が待っていた。仕方がない。一時間あまりのちに出発するオリエント急行、その個室寝台をとろうとした。イスタンブールを出てベルグラード、トリエステ、ローザンヌ、パリ、カレーとヨーロッパを横断する国際列車なら、三泊四日でロンドンに着けるのである。

シーズン・オフで、乗客などほとんどいないはずなのに、なぜか満員だといわれた。困った。ホテルのレストランで旧知のベルギー人、ブークと偶然再会した。事情を話すと、寝台車会社（ワゴン・リ）の重役になっていた彼が、カレー行寝台に押しこんでくれた。出発は月曜の午後九時である。翌日、食堂車でブークとお昼をともにした。ローザンヌに所用があるというブークも、この列車に乗っていた。

彼は食堂車の客を見わたし、まさに世界そのものですな、といった。

「あらゆる階層、あらゆる国籍、あらゆる年齢。見知らぬ同士がひとつ屋根の下で食べ、親しみ、眠る。しかし三日たてば別れて、おそらくは二度と会わない」

実際、乗客の国籍は多様だった。

英国人、フランス人、ロシア人、スウェーデン人、ハンガリー人、ドイツ人、アメリカ人。アメリカ人にはイタリア系、ユダヤ系、アイルランド系がいる。

ポワロ自身もベルギー人である。第一次世界大戦中に戦禍をのがれて英国に亡命、その仮住まい中に遭遇して世に彼の名を高らしめたのが『スタイルズ荘の怪事件』であった。以来、すでに十二年余りの歳月が流れている。

イスタンブールから二十四時間、セルビアのベルグラードに着いた。ここでアテネ発パリ行寝台を連結した。列車がクロアチアに入って間もなく、ブロドの手前でオリエント急行は吹き溜まった雪に突っこみ、立往生した。深夜である。走行音が途絶え、「死のような沈黙」が列車をつつんだ。その闇のなかで事件は起こった。乗客のひとり、アメリカ人の富豪が刺殺されたのである。

エルキュール・ポワロは、その「グレイ・セル」（灰色の脳細胞）の力のみで、この難事件をたった一日で解決することになる――。

私は最近アガサ・クリスティばかり読んでいる。とくにポワロものが気に入っていて、ビデオを四十本ほど借りて見た。そのあとで小説を読み直したのだが、犯人やトリックをあらかた忘れているので、おもしろさは損なわれない。なるほど、欧米では歳をとったらミステリー三昧という希望が多いのもわかる。

だが読み進むうち、クリスティの作品にあるのは、推理小説のおもしろさだけではないと気づいた。

たとえば『オリエント急行の殺人』の場合、その真のテーマは、一九二〇年代に世界の中心となった「アメリカとは何か」である。そうして、ポワロ・シリーズ全体をつらぬくものは、ゆるやかに落日しつつあるヨーロッパへの愛惜の念と、第一次大戦以前の秩序への郷愁である。

オリエント急行の事件があった頃、日本国鉄も昭和戦前の全盛期にあった。昭和九年（一九三四）に丹那トンネルが開通すると、電機と重機を付換えながら特急「つばめ」は、東京―大阪間を八時間で走った。停車時間も含んだ平均時速は約七〇キロ、オリエント急行よりずっと速い。が、古く美しい秩序の終りは日本にも迫りつつある。

私はたとえば、向田邦子の『父の詫び状』などの作品や、吉野源三郎の『君たちはどう生きるか』に、戦前の中流家庭の風格ある暮らしぶりを読みとるのだが、それはポワロものの読後感と共通している。舞台は遠く離れているものの、私の目にはクリスティの作品群も、いとおしい「昭和のかけら」の輝きと映るのである。

『華氏451』と「亡命者」たちの村

フランソワ・トリュフォー監督の映画に『華氏451』がある。たしか一九六六年の作品だ。

トリュフォー作品は昔よく見た。六〇年代には日本の映画青年にジャン・リュック・ゴダールと並んで愛された。だが『華氏451』の記憶は残っていなかった。デビュー作『大人は判ってくれない』以来の自伝的系列とは異質だからだろう。

先日、この映画をテレビで見て、妙に心ひかれるものを感じた。

未来の物語で、主人公はファイアマン（消防隊員）である。火事を消すのではない。書物というものが禁じられた未来社会で、隠匿された本を探し出して燃やすのである。

華氏451度とは紙が自然発火する温度だという。レイ・ブラッドベリの小説が原作で、ファイアマンを『突然炎のごとく』に出たオスカー・ウェルナーが、謎のヒロインをジュリー・クリスティが演じている。

未来社会では「ビッグ・ブラザー」が常時、人々を監視している。その手段は視聴者参加型の双方向テレビである。書物は、よからぬ考えを植えつけるという理由で焼かれる。主人公は、そんな社会にも自分の仕事にも疑問を感じていない。成績を上げて、つまり本をできるだけ多く探し出して焼き払い、昇進したいと願っている。

ところがあるとき、焼くはずの本が一冊、手元に残った。なにげなく読みはじめた。すでにそれだけで犯罪である。

おもしろさに目覚め、妻に隠れて読みつづけた。はじめて辞書を引いた。一度癖がつくととまらない。小説ほどおもしろいものはないと思った。

「謎の女」ジュリー・クリスティに彼は接近しようとする。彼女の古い家を捜索し、大量の本を見つけて火焔放射器で焼いたことがあるが、彼が読みふける本はそこにあったのである。

読書をしていることはやがて「ビッグ・ブラザー」にばれる。妻が密告したのだ。助けをもとめられた「謎の女」は、彼を「亡命者」たちの住む場所に導く。それは、廃線となった鉄道をつたって入る森の奥深くにあった。彼は「亡命者」となった。

しかしテレビ画面では、彼が武装ヘリに追われる姿を映し出している。上空からの攻撃に、あわれな最期をとげるシーンまでが実況中継されている。

これはニセの映像なのだ。現在ならCGを使うところだが、彼そっくりの役者による実写である。反逆者は必ず抹殺されるのだと「ビッグ・ブラザー」は社会に知らしめている。

森に住む「亡命者」の仕事は本を暗誦することだ。暗記し終えたらテキストは燃やしてしまう。記憶は権力に奪われることがない。

担当するのはひとり一冊である。人が一冊の本になりかわるのである。

歩く『ホメロス』がいる。生活する『白鯨』や『魔の山』がいる。双生児の青年の兄は『自負』、弟は『偏見』、上下巻に分けて暗誦している。ドストエフスキーの『貧しき人々』を覚えこんでいた老人は、自分の記憶を孫の男の子に引継ぎ終えてから瞑目する。

元ファイアマンは、一冊だけ本を身につけて逃げた。彼は自分がその作品『エドガー・アラン・ポー幻想小説集』となり、この「亡命者」の村で生きることを決意する。『華氏４５１』の主題は反独裁、反共産主義、それに反「情報」化社会である。一九六〇年代にこれをいうのは、かなりの勇気が必要だった。

「亡命者」たちの村（アジール）が、鉄道の跡、廃駅であることに私は感動した。雪のちらつく寒い森を歩きながら、「村民」は小説のテキストを暗誦している。捨てられた客車の煙突から淡い煙がのぼる。廃駅のベンチで、老人は本を読んでいる。ひそかなざわめきと沈黙。レールの鈍い光。みな、何かしら懐かしい。

一九六〇年代、私は「進歩は善」と信じていた。だから、この映画に心を残すことはなかった。しかし、いまは違う。自分の鉄道好き、その理解できなかった理由の一端をたしかに視覚化してもらった、そんな気がした。

オスカー・ウェルナーの役柄は、まだ三十そこそこだった。だが、人は五十歳をすぎれば、意志的に逃亡しなくとも、自然に「亡命者」となるだろう。ならざるを得ないのだろう。

さようなら０系

０系が二〇〇八年（平成二十）十一月末日で退役する、乗ってみないかといわれた。気はそそられたが、その実、ややためらう感じもあった。

一九六四年（昭和三十九）十月一日、東海道新幹線を走りはじめたのが、０系十二車輛編成の三十本だった。「ひかり」は東京―新大阪を四時間、「こだま」は五時間で結んだ。一年後に「ひかり」は三時間十分運転となり、十六輛編成で千二百八十五人を一度に運んだ。世界最速最強の電車特急である。

０系は、八五年秋の１００系登場まで二十年以上、新幹線の主力でありつづけた。合計三千二百十六輛、投入が三十八次におよんだのは、すぐれた電車だったからだ。七〇年代なかば、あいつぐ料金値上げとストライキのために乗客数が減少、新車輛を開発する余裕がなかったからでもあった。

国鉄は八七年にＪＲに分割民営化され、身軽になった。国営時代は破産同然だったのに、嘘のように収益が上がった。その結果、ＪＲ各社は競って新型車両の研究・開発に入った。

九二年、歯が出た感じの300系、最高速度二七〇キロの「のぞみ」出現は画期だった。間もなく「のぞみ」主体、東京駅の三面ホームを五分に一本発車（上下では二分半に一本の発着）という、世界の鉄道の常識では考えられぬアクロバティックな運用を、安定的に行なうようになった。システムの勝利である。

その九二年、脇役となりさがった0系だが、まだ千三百輛あまり走っていた。しかし九九年にはJR東海から姿を消し、最後まで生き残ったのはJR西日本の0系である。

その彼らも、二〇〇八年春には、六輛編成「こだま」三本のみとなった。最後の0系は、JR西日本カラーのグレーとグリーンから、あえてオリジナルのアイボリーとブルーに塗り直された。

「懐かしいでしょう」

と問われ、

「懐かしくないこともない」

と答えて岡山へ行った。

一四時五一分発「こだま」博多行に乗るためである。新大阪発も博多発もあるにはあるが、朝が早くて一泊しないと乗れない。窓外が見えない夜の運行分はいやだとなれば、オプションはひとつだけだった。

通常の「こだま」のイメージからすれば、ずいぶん混んでいた。退役まで二週間、それでも乗車率七割程度か。

ホーム上には、先頭車を背に写真を撮る年配者が目立った。0系の顔は、老いて疲れた猟犬みたいだ。鉄道オタク「鉄ちゃん」が、思いのほか車内に少ないのに安堵した。トイレであれ電話室であれ、扉を開けられるものならなんでも開けて撮影する「鉄ちゃん」「鉄子」のカップルに、迫力と圧力を感じたくらいで済んだ。

私がためらった理由は、それだった。汽車好きは汽車好きが嫌いなのである。というより、鏡のなかに自分を見る気がして、恥ずかしいのである。

一九六四年秋、新幹線が運行しはじめたとき、私がいちばん喜ばしく感じたのは、その速度ではなかった。トイレが貯留式で、落下式ではなかったことだ。その九日後に開幕した東京五輪とともに、イナカの中学生は、「これで〝世界〟に顔向けができる」と思った。六八年に上京したが、当時の青年は誰でも貧乏だったから、大阪万博にも行かず、したがって新幹線とも縁がなかった。まれに西日本を旅行するときは、夜行普通列車大垣行に乗った。大垣駅のホームを走って、西明石行に駆けこんだ。朝の空気が、胸に痛くしみた。

新幹線の意味を考えたのは、ずっと後年になってからだ。

新幹線の計画当初には、たんに東海道線の複々線化という案もあった。しかし明治初年以来、一〇六七ミリ狭軌間の速度不足、輸送力不足を悔やみつづけていた国鉄は、一四三五ミリ標準軌間を採用した。

重大な決断だが、ここから先はもっとすごい。

交流電化、電車特急だけが走る専用軌道で、踏切なし、信号機なし、夜間は線路保守のために運行せず、とした。時速二〇〇キロ超では信号機の視認はできない。だからATC（自動列車制御装置）、CTC（列車集中制御装置）を全面的に採用した。

レールは継ぎ目のないロングレール、枕木はピアノ線を入れたコンクリート枕木、最小回転半径は二五〇〇メートル、在来線の六倍。

最高速は時速二五〇キロ出るが、あえて二〇〇キロにとどめたのは、新幹線建設のために世界銀行から八千万ドル借りたときの条件が「実証済み技術での運行」だったからだ。

新幹線は先端技術ではない、欧米の既存技術の改良にすぎない、と新幹線の生みの親、島秀雄はいった。なのに、新幹線が実証済み技術ではないのではと疑われたのは、そんな高速での恒常的運行そのものが破天荒だったからだ。

六〇年代の日本の鉄道技術は中進国レベルだった。ただ、それをシステム化して運用することが一流であり、0系はその具現化なのだった。

計画時には、万里の長城、戦艦大和とならぶ三大愚行と嘲笑され、完成後は、国鉄本社からほとんど独立した権能を持った新幹線総局は「関東軍」と呼ばれたが、そのシステム構築と、正確で安全な運用によって、「世界」に堂々と「顔向け」ができた。そうして八〇年代には、技術力も世界水準をリードした。

かりに日本が最初から標準軌鉄道を持っていたならどうだったか、と考える。狭軌であることの悔しさというモチベーションがないから、新幹線はつくられなかっただろう。たんに複々線化した幹線上を、機関車牽引の特急が走っただけだろう。

東京駅は、ヨーロッパの主要ターミナルに較べれば、はるかに狭い。ホームの面は少ない。だから機関車を前後に付換えなくてもよい電車特急しか、あらかじめ考えなかった。世界銀行が課した条件は、初期故障が頻出する時期には妥当なものだったのだ。それゆえ余裕をもってシステムを熟成、今日までの四十数年間、鉄道事故なしの運用が可能となったといえる。

そうこうするうち、「シンカンセン」の成功がかつての鉄道先進国を刺激して、フランスはTGVを、ドイツはICEを走らせた。日本だけではない、「シンカンセン」は世界の鉄道を落日から救った。

新幹線を決断し、つくりあげたのは、五〇年代後半から六〇年代前半の時代精神である。すべてのマイナスをプラスに転換できた時代の若さと人々の若さ、それらへの愛着と回想が、0系退場を惜しむ気持ちの背後にある――。

などと思ううち、0系「こだま」は博多に着いた。

岡山から三時間半!

遅い、長い、退屈と内心文句たらたらだったのには、われながら驚いた。戦後人としての私は、速さと便利さになずんで、堕落したのである。

スペインの接続駅

スペインの鉄道というと、私はアーネスト・ヘミングウェイの短編集『男だけの世界』中の一作「白い象のような山並み」を思い出す。

スペイン北部のアラゴン地方、サラゴサの西二〇キロほどのところにある接続駅（ジャンクション）の真昼だ。光は白く、影は短い。

茫漠と広がる大地のただなかにぽつんと駅舎があって、駅舎のなかにバーがある。駅舎の外の日陰にも、いくつかテーブルが置いてある。

乗換える汽車を待つアメリカ人の男女は、日陰のテーブルについた。バーの女主人に声をかけ、ビールを注文した。大きい方のグラスで、と男がスペイン語でいった。足元にトランクが置かれている。トランクに貼られたさまざまなホテルのラベルが、ふたりが旅先ですごした長い日々を暗示する。

彼らはおそらく、その日の朝パンプローナを発ってきた。パンプローナは、牛追いの祭りで知られたナバラ地方の町である。南へ下り、この接続駅で降りた。まっすぐ東へ行けば、サラゴサ、タラゴナを経てバルセロナだが、ふたりはここでマドリード行の急行に乗換える。

原稿用紙にして十七枚分ほどの短編「白い象のような山並み」は、急行が到着するまでの四十分間の物語、というよりワン・シーンだけのスケッチである。

穀物畑の上を雲の影がひとつ、わたって行く。その先はエブロ川のほとりの木立ちで、さらにその向こうは日を浴びた、さして高くない山並みである。

「あの山並み、白い象みたい」

アメリカ人女性の言葉が、そのまま題名となった。

彼女と彼はマドリードの病院に行く。手術を受けるのは女性の方だが、気がすすまない。受けさせたいのは男性である。彼女は妊娠しているらしい。

彼は妻(恋人?)に、ありふれた言い訳を重ねる。

「ぼくは君以外に誰もほしくないんだ。ほかには誰ひとりほしくない。それに、あれは、至極簡単だということも知っているし」

彼は旅の生活に疲れ、ふたりの関係に疲れている。自分のわがままにも疲れている。ほとんど彼だけが話すのだが、要するに、ひとりで生きるのはさびしい、といっている。同時に、ふたりで、または家族になって生きるのはつらい、ともいっている。

その矛盾、またはムシのよさを、彼自身よく承知している。だからこそ、マドリード行急行列車の到着を待つだけの短い間に、ビールを三杯、リカリス（甘草《かんぞう》）の香りのする強い酒（アニス）を二杯も飲まずにいられない――。

ヘミングウェイが「白い象のような山並み」を書いたのは一九二七年（昭和二）夏、二十八歳のときで、女性のモデルは最初の妻ハドリーである。

一九二一年、彼は八歳年上のハドリーとアメリカで結婚し、その年のうちにパリへ行った。いわゆる「パリ時代」のはじまりである。第一次大戦の結果、ヨーロッパは疲弊したが、アメリカは世界の最富裕国となった。ドルはすでに世界最強の通貨である。彼らのヨーロッパでの暮らしは、そんな条件にささえられた。

二三年、夫婦はイタリアを旅した。そのとき妻は、妊娠していることを年下の夫に告げた。夫は消極的態度をしめしたが、その年の秋に妻は男の子を生んだ。

彼らは二五年にスペイン旅行に出掛けた。翌年にも行った。このときはヘミングウェイひとりだった。すでに彼は「ヴォーグ」の編集者ポーリーンと恋仲になっている。ハドリーと離婚し、ポーリーンと再婚した直後、彼はこの作品を書いたのである。

スペインの国鉄の幹線は、マドリードから各地へ向けて放射状に出ている。放射状の幹線を、支線が横に結ぶ。やや糸のまばらなクモの巣のような構造である。そのタテ糸とヨコ糸の結節点が接続駅で、ヘミングウェイのカップルのようにヨコ糸からマドリードに向

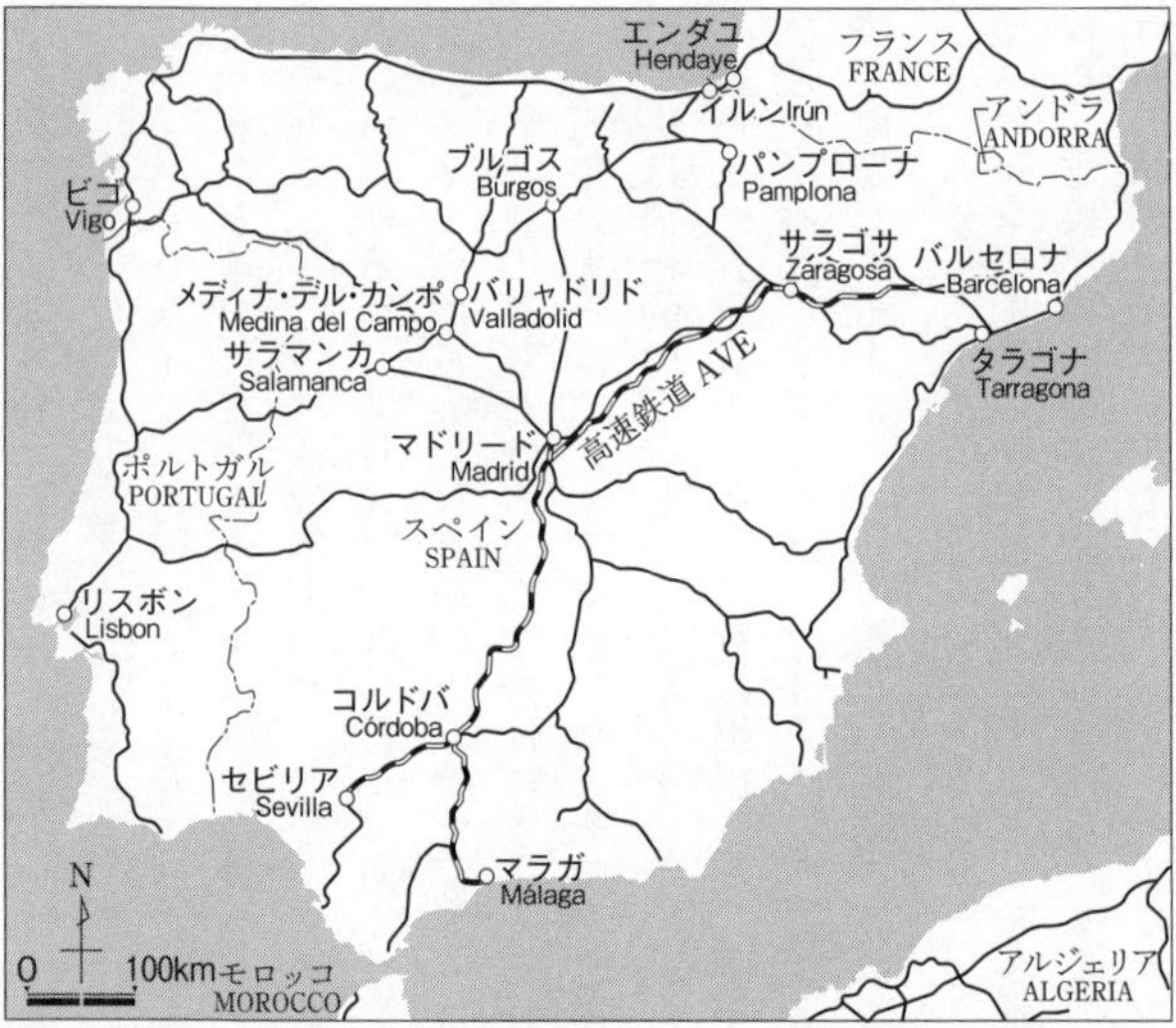

かうとき、またはタテ糸からはずれ、たとえばヨコ糸づたいでポルトガルへ行こうとするとき、そんな片田舎の接続駅で乗換える。

　もう遠い昔といえる一九八六年、私もそんな経験をした。

　まず、東京からアラスカまわりでパリへ行った。その頃はまだロシアの領空を飛べず、北極海を越えてヨーロッパに入ることになっていた。空港からはバスでパリ市内へ。

　一泊するつもりでいたのだが、移動の慣性というか、疲れているのに足が止まらない。止められないのである。

　そのまま地下鉄で国鉄駅まで行き、ボルドー行急行列車で南下した。ボルドーでホテルを探したのは、もうその日は先へ行く列車がなかったからだ。ちょうど夏至の頃合で、午後十時近くまで黄昏時だった。

翌日、普通列車でスペイン国境へ向かった。まだ通関が必要だった時代で、エンダユで降り、スペイン側の隣接駅イルンまで歩いた。そこからはスペイン国鉄の普通列車である。

このとき、はじめてスペインの線路の幅（軌間）の広さを実感した。注意して見ないとわかりにくいが、フランス側、というよりイベリア半島以外のヨーロッパの鉄道は軌間一四三五ミリ（四フィート八インチ半）の標準軌、対してスペインは一六六八ミリ（五フィート五インチ半）の広軌なのだ。あえて軌間を違えたのは、外国の軍隊と軍需品を乗せた列車が、そのまま国境を越えられないような配慮だという。ナポレオン軍に侵入された記憶のせいだ。

パリからマドリードやバルセロナまで走る国際列車は、そのままでは乗入れできない。当時は機関車を取換え、客車は車輛だけをジャッキで高々と持ち上げて、台車を交換していた。私は、このときの旅の帰途、ガリシア地方の港町ビゴから乗ったパリ行急行でそれを経験して、いささか感動した。いまは違う。車軸が軌間にあわせて伸縮する台車で対応するから、ただ低速走行するだけである。

日本の在来線は、新幹線の標準軌に対して一〇六七ミリ（三フィート六インチ）の狭軌だが、これは山がちな地形を、お金のかかるトンネルではなく、半径の小さなカーブの連続で克服したいという事情がもたらした。ロシアの鉄道も標準軌ではなく、一五二〇ミリ(五フィート)軌間だが、こちらは敷設計画当初のアメリカ人技師の熱心な売込みと、皇帝のツルのひと声に関係がある。

一九八六年の私は、イルンから普通列車でブルゴスへ行き、また別の列車に二度乗換えてバリャドリドの南西、メディナ・デル・カンポという接続駅まで行った。ほとんどまる一日、カスティリャ・イ・レオン地方の広大な盆地を走りつづけたことになる。メディナ・デル・カンポで降りたのは、乗ってきた列車はそこから放射状タテ線に入ってマドリードへ向かうのに、私はヨコ線をたどってサラマンカからさらに西へ、ポルトガル国境をめざしていたからだった。

私は駅舎のわびしげなバーでビールを飲んだ。そうしながら、トマス・クックの大陸版時刻表と駅の掲示を見較べた。西へ行く列車は翌日の午前中までなく、ここでやむを得ず移動は中断された。非常に疲れていたが、まだハイな気分だった。私はそれから、少し離れた町まで歩いた。

駅のバーの主人も、ホテルの男も、レストランのおじさんも、なにか心ここにあらずというようすだった。ちょうどサッカー・ワールドカップのスペイン戦が中継されていたからだ。レストランのおじさんなど、生ビールをグラスに注ぐときもテレビ画面から視線をはずさず、三分の一ほど外にこぼしてしまった。当時の私は、ヨーロッパ人にとってワールドカップがたいへんなイベントであるとは知らなかった。

結局私は、パリからまる三日かけてリスボンに着いた。

後年のヘミングウェイは、マチスモ（男権主義）の典型のような豪快な人物を演じた。むしろ創作衝動の衰えとともに、そんな傾向は増した。

だが私は、彼の本質は初期の短編小説群によりよくあらわれていると思う。要するに、繊細で、未来に対して不安を抱いているのに野心的、かつ身勝手な青年である。

そして「白い象のような山並み」にはそんな青年像がくっきりとあらわれている。この作品の主人公は、実は彼がなにかと軽視しがちであった女性であり、彼女をなだめたりすかしたり、いらだったり甘えたりするヘミングウェイ自身が、よく客観されているという点でも貴重である。

旅が人間形成に寄与する、あるいは、旅が男女の関係をより成熟させるはずだと考えるのは青年の特徴だが、青年は同時にそういうことを強く疑いもする。

そんな心の揺れと、その結果予想される別れを、ヘミングウェイはスペインの何もない接続駅という、もっともふさわしい舞台を選び、さりげなく痛切にえがききった。一九八六年の私は若かったが、一九二〇年代のヘミングウェイはもっと若く、アメリカも若かった。

アンデス高原列車

ペルー南部の高原鉄道は、客を乗せる線としては世界最高点を走る。チチカカ湖は海抜三八一〇メートルの天上の湖で、対岸はボリビアである。そのほとりの古い街プーノを発して、アンデス山脈の内懐《うちぶところ》にひろがる四〇〇〇メートル級の高原アルティプラーノを北へ向かう。終点のクスコまで約三三〇キロを十時間かけて走る。途中駅の停車時間も含めた平均時速（表定速度）は三三キロほどだから、のんびりしたものだ。プーノから一一五キロ、全線の三分の一ほど北上すると最高地点ラ・ラヤに達する。海抜は四三一九メートル。

ここで列車は観光停車する。広い草原の尽きる場所に、山塊が立ち上がっている。そのはるか上、雪をいただいたアンデスの峰々は、神々の座かと思われる。

ぽつんと教会がひとつだけある。その明るい黄色の壁が、ますますさびしい。アルパカの群れが草をはみ、彼方にたたずんだビクーニャは、じっと列車を眺めている。静かで、「沈黙の音」さえ聞こえそうだ。空気は薄く、晴れた空はおそろしいまでに青く、人が侵

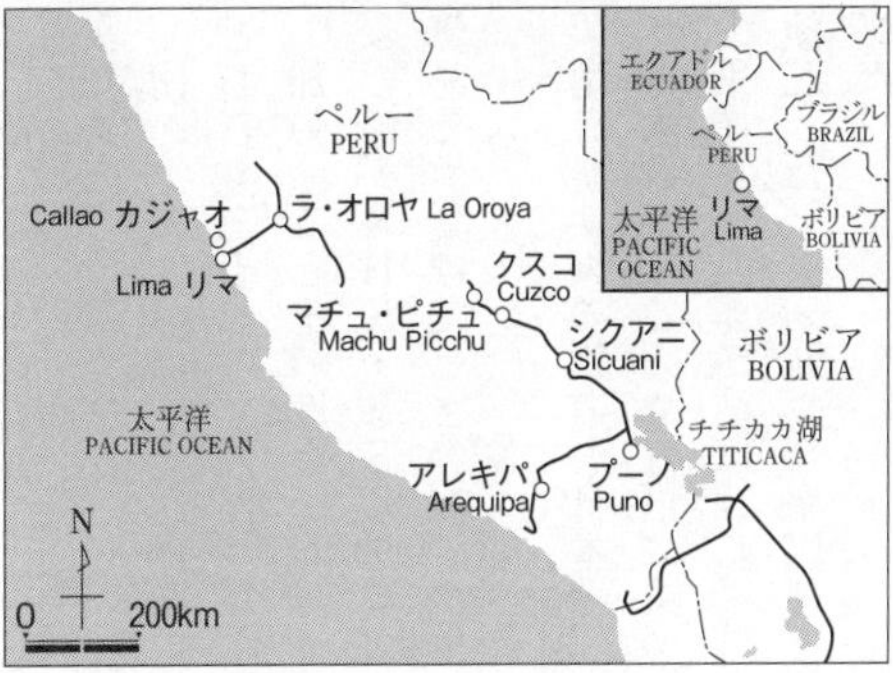

してはならぬ場所にいる気がする。

このあたりから南へ流れるプカーラ川は、チチカカ湖にそそぐ。アルティプラーノははるか南、ボリビア南西部のウユニ塩地まで広大なひろがりを持っている。北へ流れるのはウルバンバ川、ずっと先でアマゾンに合流する。分水嶺を越えて九〇キロばかり行くと、その一帯の交易の中心都市シクアニである。下ったとはいっても、標高はまだ三九六〇メートルもある。

その先は、クスコまでの一二〇キロで、六〇〇メートルの高低差をゆっくりと汽車は降りて行くのである。

私は汽車好き・鉄道好きだが、わざわざペルーまで乗りに行くほどの情熱はなかった。

一般に、日本の鉄道ファンは、自分の幼少時代の記憶を愛しているのだといえる。私もそうだ。だから古びた列車やローカル線を好む。そうして、昔を旅するのである。つまり感傷的時間旅行の乗り物としての汽車だから、目はおのずと国内に向く。「鉄ちゃん」は「プチ・ナショナリスト」だといわれるゆえんで、返す言葉はない。

そんな私がペルーまで出掛けたのは、「世界最高点を走る」というひと言にひかれた結果である。

南アメリカへは、それ以前に二度行った。最初はカラカス、二度目はブエノスアイレス、どちらも三十代のときだった。いまよりずっと若かったが、遠さは身にこたえた。加齢するとその度合いが増す。行き着くまでの時間よりも「距離感」に恐れをなすのだ。なのに、NHK・BSのテレビ番組で、アンデスの汽車に乗ってみないか、といわれたら、気易く引受けてしまった。汽車や鉄道に対して、私は意地汚ないのである。

南アメリカの鉄道と日本は、あまり知られてはいないが、けっこう深い関係がある。日本人がはじめて汽車に乗ったのはパナマ地峡鉄道である。一八五五年の運行開始で、太平洋と大西洋が結ばれた。パナマは中央アメリカに位置するものの、当時はコロンビア領だった。アメリカ合衆国はこれ以降、太平洋航路の確保と太平洋海上覇権を国家戦略化した。

一八五三年（嘉永六）夏のペリー艦隊は、喜望峰、インド洋まわりで浦賀にやってきた。それは五年後の安政条約につながるのだが、一八六〇年（万延元）、条約批准のための遣米使節七十七名は太平洋を渡った。ハワイ、サンフランシスコを経てパナマに着き、そこから汽車で地峡を横断した。

幕臣らはまず、「数千の雷が一度に鳴るよう」な轟音におどろいた。七六キロ、街道を歩けば二日かかる距離をわずか一時間半で走りきったのだから、その速さにおどろくのも自然だろう。

おもしろいのは、窓の外の景色がまったく見えなかった、といっていることだ。事物は、ただ色彩の混合となって後方へと流れ去るばかりで、「草木のかたち」を認識できないのである。わずか時速五〇キロであっても、動体の内部から外界を見るには、訓練とまではいわないが、慣れがいるということだ。

それほどナイーブだった国民が、その十二年後にはじめて鉄道を建設すると、数十年のうちには全国ネットワークをつくりあげてしまう。現在では新幹線を含む二万五〇〇〇キロの鉄道網に、だいたいヨーロッパの三倍の密度で列車を走らせている。東海道新幹線のダイヤなど、まさにアクロバット的だ。「時刻表」は当然ぶ厚くなる。それを「読み」ながら、ときに窓外の風景を眺めたりする鉄道好きがいる。どちらの焦点も瞬時にあうのは、やはり慣れだろう。

日本とペルーの関係も、間接的ではあるけれど、鉄道からはじまった。正確には、鉄道工事のための中国人労働者問題からだ。

一八七二年（明治五）夏である。マカオを出航した三七〇トンのペルー帆船マリア・ルス号は航海中台風で破損、修理のため横浜に入った。船倉には苦力《クーリー》（中国人労働者）二百三十名が詰めこまれていたのだが、ひとりが横浜港で脱走、英国軍艦に泳ぎついて船内での虐待の惨状を訴えた。

日本側はこの男をマリア・ルス号に戻した。すると船長エレイラ大尉は、帰船した彼にひどい拷問を加えた。その事実をさらに別の脱走者が告げ、英・米両国公使は副島種臣に人道上の善処をもとめた。これら中国人は、ペルーの鉄道建設のために集められた労働者、あるいは実質的な奴隷だった。

調査にあたったのは神奈川県参事、このとき二十五歳の土佐人、大江卓だった。

マリア・ルス号の出帆を差し止め、中国人労働者を解放するという大江卓の判断を臨時法廷、すなわち明治政府と英・米公使は追認した。

エレイラ大尉はマリア・ルス号を放棄して上海へ退去、中国人労働者は全員、清国側へ引渡された。しかし臨時法廷におけるエレイラ大尉の、「日本の芸娼妓の年期奉公は事実上の奴隷制度ではないか」という発言に衝撃をうけた政府は、即座に「芸娼妓解放令」を出した。新橋—横浜間に鉄道が開通したその翌月のことである。

事件の決着にはもう少し時間がかかった。翌年ペルー政府は公使を派遣、日本政府に賠償をもとめた。一件は第三国・ロシアでの国際法廷で裁かれ、一八七五年、日本の勝訴で終った。

ペルーの鉄道敷設は南アメリカではもっとも早く、リマから外港カジャオまでの一五キロが一八五一年に完成している。

これをアンデス山脈のただなか、海抜三七一二メートルのラ・オロヤまで延長する工事は一八七〇年にはじまったが、主目的は銅鉱石の搬出だった。本来鉄道には無謀といえる急勾配の鉄道である。たいへんな難工事で、完成するまでに七千人の労働者が風土病と事故で死んだ。ほとんどが中国人だった。マリア・ルス号の二百三十人も、この工事のための要員だった。

アンデス山脈越えの鉄道は、エクアドルからチリまで合計七本建設された。このペルー中部鉄道もそのひとつだが、現在客扱いをしている線はない。バスに敗れたのである。

アルティプラーノの荒涼たる壮厳、クスコから約一一五キロ、スイッチバックを繰返すインカ鉄道で訪れたマチュピチュ遺跡の不思議、みな忘れがたいが、もうひとつ忘れがたいのは高山病の経験だ。

私は先行した撮影クルーを追って、ひとりリマへ行った。リマから南部山中の都市アレキパへ飛び、そこで合流した。アレキパの標高は二三八〇メートル、「距離感」に体は疲労していたものの、「旅行ハイ」というのか心は元気で、たくさんビールを飲んだ。

翌日、チチカカ湖畔のプーノへ行った。標高三八五五メートルである。昼はまるでなんともなかったのに、夜になるとようすがおかしくなった。

眠れない。体が重い。頭も重い。血液が粘って、体内をうまくめぐらない感じがある。横になってもつらい。立ち上がっても、椅子に掛けてもつらい。存在そのものが面倒、そんな異常なだるさなのだ。

自分はかからないのではないか、とついさっきまで甘く見ていた高山病がこれか、と苦く納得した。

納得しても体調がよくなるわけではない。水をときどき口にしながら、立ったりすわったり横になったりを、ひと晩中つづけた。つまり私は、アンデス越え鉄道工事の困難の一端を、身をもって味わったわけだ。

プーノにいた二日間は体調最悪、ほとんど蹌踉《そうろう》としていた。アルティプラーノを走る汽車のなかでは、いくらか回復したとはいえ本調子ではなかった。

クスコでようやく人間に戻った。順化《じゅんか》したということもあろうが、クスコの標高は三三一〇メートル、プーノより五〇〇メートル以上低いからだと思う。

「距離感」だけではない。高山病の記憶も加わって南アメリカは、また遠くなった。しかし、もしかりに、ブエノスアイレスの地下鉄で第二のお勤めをしている、けなげな丸の内線の車輌を見に行きませんか、などと誘われたら、根が南米好き、根が丸の内線好きの私に断る勇気があるだろうか。あまり自信はない。

台湾周回

汽車に乗りに台湾へ行った。

台北《たいほく》から高雄《たかお》郊外の左営《さえい》まで、西海岸を高鉄《こうてつ》（台湾高速鉄道＝台湾新幹線）が走りはじめた。在来縦貫線では台北―高雄間（約三七五キロ）はもっとも速い特急（自強《じきょう》号）でも四時間かかった。それが最速列車で一時間三十六分、いちばん遅いものでも二時間だそうだ。

私は根っからのローカル線好きなのだが、これは一度乗ってみたい。

桃園《とうえん》国際空港に着いて、そのまま高鉄桃園駅へタクシーで行った。「全線完乗」が目的ではないから、台北から二つ目のこの駅でよい。桃園から左営まで乗り、左営からもう一度高鉄で、その日宿泊予定の台中《たいちゅう》まで引返す。そういう心づもりだ。二度も乗れば義理は立つだろう。

巨大な温室のような桃園駅前に立ったときから雨がぱらつきはじめた。台風の前触れだ。まださしたる風は吹かない。

超大型で「双眼」（台風の目が二重になっている）台風だから、ことのほか強力と新聞にはあった。命名は「聖帕」。「センパッ」と読む。漢字の台湾語（閩南語《びんなん》）音なのだろう。東海岸台東方面に間もなく上陸という。ちょっと不吉な感じだった。

高鉄は二〇〇五年（平成十七）秋の開通予定だった。それが〇六年秋にのび、〇七年に再度のびた。〇七年一月に台北の手前、板橋《ばんきょう》―左営間が開通、三月に台北―左営間が全通した。

当初はほぼ一時間おき、一日九往復だったが、〇七年八月には倍増して一日三十七往復になった。台北、板橋以外は台中にしか停車しない「速達」、いわば「のぞみ」が七往復、嘉義《かぎ》と台南《たいなん》にも停まる「ひかり」が七往復、途中駅六駅全部に停まる「こだま」が十八往復、ほかに台中行が五往復ある。一編成十二輛、定員は約千名。それが眺める限り八割方埋まっていたのだから、夏休みとはいえ、人口二千万、九州よりわずかに狭い島でよく人が移動するものだと感心する。

案内員の数の多さには驚いた。窓口カウンターに並んでも、チケット自動販売機の仕組みを知ろうと近づいても、ひと目で外国人だとわかるからか、隙あらば「指南」してくれようとする。地下ホームにも至るところに案内員がいる。

高鉄の印象は、速くて合理的、それに尽きる。

車輛は日本の新幹線でなじみ深い七〇〇系の台湾仕様である。台湾西海岸平野の風景が飛び去って行く。川が多い。街がほとんど途切れることなくつづく。さすが世界でも有数の人口稠密地帯である。車内の速度表示板に時速二八〇何キロまで出たらしいが、短い時間のことだし、窓の外ばかり眺めていたものだから私は気づかなかった。

台湾高鉄はヨーロッパのコンソーシアムが請負った。運行システムと運転をフランス、ポイントなど軌道関係インフラをドイツが分け持った。そこに日本のJRが急遽参加したのは、一九九九年九月の台湾大地震で、鉄道の耐震性に台湾当局が不安を感じたからだ。鉄道は全体がひとつのシステムだから、さまざまな技術系の併立は感心しないのだが、これまでのところさしたる問題は起きていない。

とはいうものの、やはり共通した地理条件を持ち、世界最高の鉄道運行システムを確立した日本が全面協力して建設するべきだったという思いは去らない。一九七〇年代、おなじ地域を走る在来縦貫線の電化複線化工事のとき日本が逡巡したのは、日中国交正常化して間もないということで、大陸に遠慮したからである。工事はイギリスが落札し、一九七九年（昭和五十四）六月に完成した。台北—高雄間を従来の六時間から一挙に四時間に短縮した「自強号」（特急）の車輛は、イギリスを通じて輸入した南アフリカ製だったが、しばしば故障した。台湾にとっても日本にとっても、残念なことだった。

時刻表を見ていて気づいた。高鉄の台北—左営間は三十七往復とすばらしい頻度で走るのだが、一往復を除くと「のぞみ」は「こだま」を追い抜かない。残りはすべて、より速い後続列車に時間を詰められはしても終着駅に先着する。つまり「並行ダイヤ」なのである。東海道・山陽新幹線のような複雑な追い抜き・追い越されダイヤは不要としても、つい先日まで縦貫線での速度の違う五クラスの列車を巧みに往還させたダイヤ作成者（スジ屋）の腕の見せどころはない。鉄道好き・汽車好きは、そういうところにも感心したいのである。

車内アナウンスが、終点左営への接近を告げた。これがおもしろいというか、ばかにていねいである。北京語、閩南語、客家語《はっか》（たぶん）とつづけ、最後に英語でおなじことをいう。

左営は高雄の郊外である。高雄まで高鉄が入らなかった理由はつまびらかにしないが、在来縦貫線の場合、台南方面からまっすぐ高雄港方面に向かっていた線路の一部が、急に東へ急カーブを切って高雄駅をめざす。つまりが港が中心だったのである。そんな路線に高鉄を添わせることはできなかったし、高雄駅まで直進させるには街区が完成されすぎていた。地下化するには費用の面でためらわれた。そんなところではなかろうか。

高雄の固有名は打狗といった。打狗は閩南語でターガオ、日本音に移して吉祥字を与え、高雄《たかお》とした。それを北京音で読み直してカオシュン。というわけで、台湾の複雑な歴史を体現している。

侯孝賢《こうこうけん》が八八年に撮った映画『悲情城市』は一九四〇年代後半の基隆《キールン》（北京音ならジーロン）の客家の家族の物語だが、家長であった老父（李天禄《りてんろく》）が上海から渡ってきた黒社会（マフィア）の親玉と話すシーンでは、通訳がふたり立った。上海語を北京語に移す通訳と、北京語を客家語に直す通訳だ。老父は客家語しか解しないのである。

また四七年の外省人（大陸人）と本省人（台湾人）の衝突「二・二八事件」直後、おそらく縦貫線車中で、主人公の四男（トニー・レオン＝梁朝偉《りょうちょうい》）が台湾ナショナリストに殺されそうになるのは、四男が閩南語と日本語の問いかけに答えられず、外省人と誤認されたからである。四男は聾唖《ろうあ》者なのだった。

八四年の侯孝賢の映画『冬冬《トントン》の夏休み』は、九月の中学入学を控えた冬冬と妹が祖父の家で夏休みをすごす話で、その舞台は途中で分岐する縦貫線の山線、苗栗《びょうりつ》に近い銅鑼《トンロー》である。

祖父は医者で、板張りの部屋（套房《タオファン》）と畳敷きの部屋（畳蓆房《ディエシーファン》）の混在した、住居を兼ねた医院に住んでいる。祖父は普段は客家語を使うが、台北からきた孫には北京語を話す。銅鑼は客家が多く住むことで知られた町で、侯孝賢自身、一九四八年、一歳のとき広東省梅県《ばいけん》から南台湾に移住してきた客家である。汽車と線路がしばしば映し出される『冬冬の夏休み』も、台湾の構造をさりげなく、しかしあざやかに表現している。

左営駅から乗り直した「新幹線」を高鉄台中駅で降り、在来線で台鉄台中駅へ行った。そこからホテルへ向かった夕方は、風まじりの小雨だった。

台風「聖帕」は翌朝五時に東海岸の台東に上陸した。

暴風に加えて豪雨、とくに北東部の宜蘭《ぎらん》、花蓮《かれん》の雨量は尋常ではない、とテレビニュースはつたえた。桃園機場では全便欠航、高鉄は午前七時から午後六時まで運休、在来線は午後二時まで全線運休、その後は事態にあわせて判断、そんなテロップを流しつづけていた。ホテルのロビーには「台風のため本日の催事はすべて中止」の告知が出たし、一階の入口附近には土嚢が並べられた。

台鉄の方が高鉄より態度に余裕が見えるが、私は暗い気持になった。一九八四年に東海岸、蘇澳《そおう》―花蓮を結ぶ北迴線《ほっかいせん》に乗ったことがあり、あの崖上の単線の道床が、豪雨で無事に済むとは思われなかったのだ。

台湾の山は高く深い。日本時代に新高山《にいたかやま》と呼ばれた玉山《ぎょくざん》（三九五二メートル）を最高峰とする台湾山脈から東西へ流れ下る川はすべて急流だ。とくに東海岸のそのあたりでは、断崖から滝となって太平洋へ注ぐ。

その日乗るつもりでいた阿里山鉄道が運休になったという知らせは、当然のことと受けとめた。標高差二二四四メートルを、三重のループ線と数多いスイッチバックでよじのぼる軽便軌（軌間七六二ミリ）が、台風直撃の天候で運行できるわけがない。

台風「聖帕」は十七級だそうだ。十五級までが中級、十六級以上が最大級である。先週も雨台風がふたつ台湾を襲って、土嚢がすでにたっぷり水を吸っているところへ、また豪雨だ。テレビの「お天気おにいさん」が、台東のこれまでの降雨量三五〇ミリ、花蓮四五〇ミリ、宜蘭六〇〇ミリ、と告げた。

しかしその日、進路にほぼ重なるはずの台中を、台風は襲わなかった。豪雨は何度かあったが、ごく短時間でやんだ。スコールのようだった。風は吹かなかった。ホテルに籠城した私は、少なからず拍子抜けした気分だった。

翌日、台風はすでに福建省に達していた。台湾では倒木などで怪我人は出たが、死者はなかった。死者数十人と告げるアナウンサーの口調に同情は感じられなかった。

昨夜、台北でホモ・パーティが警察の手入れを受け、青年四十三人がいっせい検挙された、というニュースはおもしろかった。たんなるパーティだけではなく、ドラッグも関係していたのではないかと思うが、パーティ会場のドアを開けてもらうための合言葉が「聖帕」だったという。テレビカメラから必死に顔をかくしながら全員が一列になって警察に引回されている。まるで電車ごっこのようだった。

台鉄台中駅に、不通・運休の告知は出ていなかった。ほとんど平常どおりの気配である。

全線正常運転？　逆に不安になって探すと、「平渓《へいけい》線は全線運休」という小さな告知が見つかった。平渓線は最北部にある一二・九キロの盲腸線である。炭鉱から石炭を基隆に運ぶためにつくられた。ということは、これから乗ろうとする集集《しゅうしゅう》線も大丈夫なのか。

台鉄を信用しないわけではないが、つい半信半疑になる。

台中発、五輛編成のディーゼルカーは、電化された縦貫線を、数多くはない乗客を乗降させつつ、南へ五〇キロほど走った。二水《にすい》駅からそのまま集集線に乗入れた。ヤシの林をくぐり抜けながら、台湾一の大河、濁水渓《だくすいけい》のつくり出した扇状地を登り、やがて山に入った。集集線は二水から車埕《しゃてい》に至る、全長二九・七キロの盲腸線である。日本統治時代には外車埕《がいしゃてい》といい、木材の搬出基地だった車埕まで、二水から四十六分。そのまま引返す列車で途中駅の集集まで戻るから切符を売って欲しいと車掌に頼んだら、え？　降りないの？　といぶかしみつつも売ってくれた。

一九八〇年（昭和五十五）、宮脇俊三がおなじことを頼んだときは大いに不審がられた。用事もないのに汽車に乗る中年男は怪しまれた。それに較べれば「進歩」だ。

ひとり当たりの国民所得が高くなると、スポーツから「ハングリー」というモチベーションが消える。ボクシングが弱くなる。「社会派」の映画や小説がすたれる。さらに高くなると観光産業が隆盛となって、やがて「レトロな気分」が流行する。それにつれて鉄道ファンの数も増す。

台湾は十二分に条件を満たしている。げんに集集―水里駅間の、線路が好ましげなカーブをえがいている場所で、鉄道写真好きがカメラを構えていた。自分が撮られるわけでもないのに、照れくさい。しかし「鉄ちゃん」が育つには全島の線路が短かすぎる。

台鉄の総延長は一九八〇年には一〇三四・二キロだった。日本のそれの約二十分の一だ。その後、屏東《へいとう》線の終点枋寮《ぼうりょう》から台東まで、台湾最南端をめぐる南迴線《なんかいせん》が完成して鉄道による台湾周回がついに可能になった。だが、かわりに盲腸線四本が廃止され、淡水線が台鉄から切り離されてMRT（首都鉄道交通）となったから、総延長にほとんど変化はない。そしてこの数字は台湾総督府鉄道ともかわりがないのである。

戦前台湾には総督府鉄道のほか、西海岸平野に製糖会社の私鉄が二十数線、合計約四五〇キロほどもあった。大日本製糖、新高《にいたか》製糖、帝国製糖、塩水港《えんすいこう》製糖、明治製糖、新興製糖、台湾製糖の各社が敷いた七六二ミリ軌間の軽便鉄道である。現在はごく一部が観光用に不定期運転されるだけだ。

集集駅は「レトロ」そのものだった。

集集線の開業は一九二一年（大正十）である。濁水渓の水を地下水路で日月潭《じつげつたん》まで導き、発電と治水を兼ねた自然ダムとする工事のために敷かれた。後藤新平が定めた台湾統治の基本方針は、マラリアの撲滅と治水、それに日本語の普及だった。その大工事の結果、水位が上昇して、日潭と月潭、ふたつの湖はつながった。

集集駅は一九三〇年（昭和五）、台湾ヒノキを使って建てられた。九九年（平成十一）の地震で倒壊し、集集線も長い間途絶したが、運転再開するとき往時そのままに再建された。古風な待合室は、上田電鉄別所温泉駅の待合室を思い出させる。

駅舎隣の観光売店では、「弁当」を売り、「追分《チェイフェン》発成功行」切符のダミーを売っている。弁当は、いまはビエンタン（便当）と北京音でいうが、以前はベントーが普通だった。追分は縦貫線の彰化《しょうか》の北にある海線の駅で、縦貫線山線の成功《せいこう》駅と短絡する一キロばかりの「循環追分線」が結んでいた。いまは駅も線も使われないようだが、人気のあるお守りに名を残した。その隣、「牧場の牛奶《ニュウナイ》」（牧場の牛乳）という大きな看板文字は、日本語を象徴する「の」の字をそのまま使うことで高品質を主張している。

上り列車が出るまで、山間の小さな街を散歩して、「古早味」つまり土地の古い料理を食べさせるファストフードの店で遅い昼食をとった。やっぱりレトロブームだ。モチ米の腸詰めがうまかった。そのあと、二水まで戻り、縦貫線の区間車（鈍行）で嘉義へ行った。阿里山鉄道はここから出るが運休中である。前もって買っていた切符の払い戻しを受け、また区間車で高雄へ行った。

翌日は、屏東線、南迴線、花東線と南端をめぐって東海岸の花蓮へ。花蓮から北迴線、宜蘭線で台湾北端に近い瑞芳《ずいほう》駅へ。そこからはバスかタクシーで九份《きゅうふん》を経て台北へ。そういう計画だった。かつての鉱山町九份は、その近くの金瓜石《きんがせき》とともに『悲情城市』のロケ地のひとつである。

早朝高雄駅へ行き、まず高雄旧駅を見物した。一九四一年竣工の帝冠様式で、屋根のあたりが当時の「国家社会主義」を思わせるが、全体が小ぶりだから、それほどの威圧感はない。

二〇〇二年に高雄が新駅となったとき、解体されず八〇メートルほど移動させて、郷土資料の展示館にした。よくぞ残してくれた。高雄のあまりの発展ぶり、変貌ぶりに圧倒された私としては、しみじみそう思う。ガラスドア越しに内部をのぞいていると、軒下でくつろいでいたホームレスが、「開くのは午後二時」といった。

自強号に乗る。いちばん速い自強号は高雄の南の大きなベッドタウン、鳳山《ほうざん》にも停車しない。鳳山は侯孝賢が六歳から十八歳まで育った街で『童年往事』の舞台である。ここには「人文懐旧館」という大きなレストランがあり、広い店内に古い鳳山駅の窓口まで再現されているという。発展のあとには必ず「懐旧」がやってくる。見たかったが、今回は是非もない。

屏東線の終点枋寮にも停車せず、そのまま南廻線に入って、昔はバスでのんびり越えた山を一気に越える。太平洋に突き当たったところが大武《だいぶ》駅、客扱いはしないが列車行違いのために停まる。台湾でいちばんさびしいあたりだ。駅舎のほかは家の影さえ見えない。

南廻線に乗ってみて、なぜ台鉄が豪雨に耐え得たかわかった。線路の路盤が整備されているのだ。バラストが敷きつめられ、ぜいたくな六〇キロレールとピアノ線で強化したコンクリート枕木を使っている。日本でいう高規格路線である。

私は前日の嘉義駅のホームを思い出した。

ホーム上に手入れのよい鉢植えが並べられている。台鉄では小駅でもホーム上に花壇があったり、どこか日本の昭和三十年代のようなていねいさがある。たまたまホーム上を歩いてきた女性職員が、私の足元近くで身をかがめて小さなゴミを拾い、ゴミ箱に投げ入れた。そのさりげなさに感動した。台鉄の底力である。

台東から北は、台湾山脈と海岸山脈にはさまれた細長い低地を走る。海岸山脈は低い。低いといっても台湾山脈と較べてのことで、最高峰一六八二メートル、かなりのものだ。低地のたたずまいは新潟の魚沼平野に似ている。米がよくできそうだ。そのうえ二毛作地帯である。

昭和初年、この低地の北端、花蓮から台東まで総督府鉄道台東《たいとう》線が敷かれた。他と連絡のない孤立線、七六二ミリという軽便軌間である。全長一七〇余キロを普通列車七時間四十五分、急行五時間半で走った。夜行寝台列車まであって、それは七時間だった。

途中の行違いの列車の遅れのせいで、自強号は花蓮に十七分遅れで着いた。乗継ぐ予定の台北行は、本来十四分後の発車である。それよりは三分遅れた。しかし必ず連絡するはずだ、と信じていた。

だが、ホームに台北行の姿はなかった。しんとしていた。改札口へいって尋ねると、「已経《イージン》、開車了《カイチョーラ》」といわれた。こういうところは旧総督府鉄道的ではない。駅員の表情は、そんな乗継ぎを計画する方が悪いといっているようでもあり、済まなさそうでもあった。

しかし、つぎの台北行普快車（快速）を待つ間、花蓮駅前に展示してあった旧台東線の車輛群をしみじみ眺めることができた。かえって幸運だった。

花蓮からは北迴線である。こちらも高規格路線に改良されている。そのうえ複線。雨には強いわけだ。そのかわり八〇年開通の旧路盤が、数多い鉄橋ともども捨てられた姿には、早期退職のような悲哀が感じられる。新花東線の車窓から眺めた旧台東線の路盤や鉄橋には、仕事を十分になし終えて安堵している印象があったのだが。

予定どおり瑞芳の駅で降りると、間もなく平渓線の列車が出るという。途中駅十分《じゅっぷん》までの運行だが、これも不通ではなかったのだ。ならば乗ってみるべきだ。九份行はやめにしよう。あちらはどうせ観光地だ。

平渓線のディーゼルカーは、二駅分だけ宜蘭方向に戻る。遠い昔、サンティアゴを漢字化した三貂嶺《さんしょうれい》という小さな駅から山に入る。三貂嶺で上り列車と行違って、閉塞用タブレットの受渡しがある。発車すると宜蘭線の下り線から上り線に移ってしばらく走り、それから山側に分岐して行く。一時的ではあるし、安全は保証されているのだが、高速道路の逆走のようにスリリングで、なかなか味わい深い。

運転席のすぐ脇、いちばん前の席にすわって、じっと前方を眺めていた。何がおもしろいか説明できないのだが、私は好きだ。ふと目があった中年の運転士が、「これ、日本製の車輛だよ」といって、にっこり笑った。やっぱり昭和三十年代の国鉄職員のようだった。

一九八〇年六月、宮脇俊三も平渓線に乗った。彼も外ばかり見ていた。隣にすわっていた「賢そうな眼をした青年」がしきりに話しかけてくる。「何か日本人に言っておきたいことがあるのかもしれない」のだが、言葉がわからない。

終点菁桐《せいとう》のひとつ手前、このローカル線の中心の駅平渓で、乗客の大半は降りた。隣の青年も、「何か物言いたげに腰を上げた」。

〈「再見《ツァイチェン》」

と私は言った。すると青年の表情が、なぜか固くなった。青年は私に顔を近づけるようにして、低い声で短い言葉を発した。それは、

「再会《ツァイホェイ》」

ではなかったかと思う。青年の口調には、私の言葉の誤りを正すようなところがあった〉（『台湾鉄路千公里』）

それまでにも、この旅行のために覚えた北京語を宮脇俊三が使うと、ときにいぶかしい目をされた。「北京へ行ったことがあるのですか」と日本語で尋ねられたりした。必ずしも好意的な口調ではなかった。「再見」というと、「サヨナラ」といい直されたこともあった。台湾は台湾、中国ではないという意識が、いまよりずっと強かったのだろう。それから二十七年。北京語は浸透したが、それでもまだどこか外国語である。

十分の駅で、ハイキングにきた若い台湾人男女らといっしょに降りた。田舎の空気を吸

い、駅前の日本語のじょうずなおねえさんのいるコーヒーショップで、「義式《イー》」（エスプレッソ式）コーヒーを飲んだ。それから、ハイカーたちといっしょに瑞芳へ引返した。瑞芳から台北までは四十分である。

台北で見たテレビには、もう台風のニュースはなかった。ヤンキースの王建民《おうけんみん》投手が勝ったので、その試合をカットなしで再放送していた。

台北駅で買った大衆紙にも台風の記事はなかった。こちらの主役も王建民だった。芸能欄でいちばん大きな記事は、『東京鉄塔』（東京タワー）の男主角（主演男優）小田切譲（オダギリジョー）の人生と、それから「混血美女莉亞」（リア・ディゾン）の写真だった。

宮脇俊三の紀行文学
――「趣味」の文学化、「回想」の歴史化

宮脇俊三が中央公論社を退職したのは一九七八年（昭和五十三）六月、最後は五十一歳の若い常務取締役であった。退職とほぼ同時に『時刻表2万キロ』が河出書房新社から出た。それは、当時の国鉄旅客営業路線二万〇八二九・四キロ完乗（乗りつぶし）を記録した旅行記であった。

趣味の記述、といってしまえばそれまでの本なのに、著者自身の予想に反してよく売れ、のちには鉄道紀行文学というジャンルをひらいた記念碑的作品と評価されることになったのは、たんに「日本再発見」の流行に投じたからではなかった。「汽車に乗ることが好き」という、いわば「児戯」をほとんど極限まで追求するまじめさと、それを記述する正確で穏やかな文章にひそむユーモア、そのバランスのよさゆえである。「徒労」の文学化の魅力といってもよい。

宮脇俊三は一九五一年（昭和二十六）、東大文学部西洋史学科を出ると中央公論社に入社

した。二十四歳であった。卒業が遅れたのは肺結核のためである。入社後も療養に四年間を費やした彼は、右肺だけで後半生を送ったのである。

やり手の編集者として聞こえた。一九六〇年代には『日本の歴史』（全二十六巻）、『世界の歴史』（全十六巻）を企画、成功させた。「通史」が数十万部単位で売れたのは六〇年代の時代精神が「教養主義」であったからだが、それを見抜き、かつ発刊後半世紀近くを経ても色褪せぬ原稿を各巻執筆者に書かせた力量は尋常なものではない。中公新書発刊に際しても宮脇俊三は主導的役割を果たし、六八年（昭和四十三）、満四十一歳で編集局長となった。

幼少時から、汽車好き・鉄道好き・時刻表好きであった宮脇俊三が、長いブランクののち、週末に汽車旅をするようになったのは七一年頃のことである。編集者生活の疲れもさることながら、「新左翼」的色彩を帯びて尖鋭化する社内の組合運動への嫌気もあっただろう。取締役になると、世田谷区松原の自宅にまで押しかけられて、「裏切り者の宮脇俊三、出てこーい」というシュプレヒコールを浴びたりもした。

七四年頃、ふと計算してみて、遠い昔から積算するなら、すでに国鉄線総延長の八五パーセントを乗車していることに気づいた。「全線完乗」の一念を発したのは、この少しのちのことである。

それまで彼は、社内で自分の「汽車好き」を口にしたことがなかった。「児戯」にひとしい趣味を喧伝することを恥じたのである。しかし七六年以後は、すでに退社の意志を固めつつあったか、やや大っぴらにした。

全線完乗など思いもしなかった時代には、たんに終着駅行の列車に乗っていたのだから、最後の一、二駅間の乗り残し部分があるのはむしろ当然であった。

たとえば七七年五月七日から九日まで、宮脇俊三は能登線と富山港線の末端、それぞれ三・七キロと一・一キロ分の乗り残し、四国・小松島線一・九キロ、牟岐《むぎ》線の延伸部分一一・六キロ、あわせて一八・三キロを「つぶす」ために、車中二泊で合計二一三三・二キロの旅をした。

めざす路線の発駅に早朝着くには、夜行急行列車に乗るのが合理的だが、社務を終えて発車時刻までの無聊《ぶりょう》に悩んでいた宮脇俊三に、同僚たちが酒席をつきあってくれるようになったのは「カミングアウト」のたまものであった。七七年五月末、彼は足尾線の末端、足尾─間藤《まとう》間一・三キロに乗って完乗したはずだった。しかし原稿執筆中の七七年十二月、気仙沼線が全通したので、それにも乗りに行き、ついに宿願は果たされた。

宮脇俊三は、退社したら編集プロダクションをするつもりでいた。出版界はまだ好況であったから、需要は十分にあると見通したのである。しかし『時刻表2万キロ』の成功でフリーの書き手に自然に移行し、七九年には『最長片道切符の旅』を書いた。それは、北海道十勝の広尾から鹿児島県枕崎まで、国鉄路線を「一筆書き」の要領で、できるだけ長距離を一枚の切符で乗るこころみであった。全長一万三三一九・四キロ、切符の有効期間六十八日分にもおよぶ経路は、宮脇俊三自身が時刻表をつぶさに検討して設計した。一九八〇年、個人史と日本社会史を鉄道の一点で結びつけた画期的な歴史文学『時刻表昭和史』を刊行した。同年、はじめての海外鉄道乗車記『台湾鉄路千公里』を書き、八一年、『時刻表ひとり旅』を書いた。前者は、いまだその地に残る「戦前的折り目正しさ」を味わう旅行記となり、後者は、「時刻表」こそ「近代を数字だけで表現した文学」であるとする、宮脇俊三積年の考えを実証した作品となった。彼の五十代なかばまでが、書き手としての宮脇俊三のもっとも実り多い時代である。

一九二六年十二月、大正時代の最後に生まれた宮脇俊三は、渋谷駅に住みついた秋田犬ハチ公を見ながら、青山師範附属小学校に帝都電鉄（井の頭線）と市電を乗継いで通った。三四年暮、家族で伊豆山温泉に滞在した折、兄といっしょに特急「富士」と「つばめ」を見に行ったことが「汽車の記憶」の原点となった。特急列車が泉越トンネルから顔を出す時刻は、小学校二年生の宮脇俊三が時刻表から推測したのである。

時刻表が身近にある環境は、よく長距離列車を利用した父親がもたらした。

宮脇俊三の父は宮脇長吉、陸軍大佐で退役して、末っ子の俊三が満一歳であった二八年三月、四十八歳で衆院議員となった人である。宮脇長吉の兄は、三土《みつち》家に入って教育界から政界に転じ、田中義一、犬養毅、斎藤実、幣原《しではら》喜重郎各内閣の閣僚をつとめた三土忠造、弟は内務官僚の宮脇梅吉であった。三八年三月三日、佐藤賢了《けんりょう》中佐が軍主導の戦時社会主義体制「国家総動員法」を委員会で説明した際、議員らの野次が絶えず、佐藤中佐は「黙れ！」と一喝する事件を起こした。その相手は宮脇長吉議員であった。佐藤中佐は「黙れ！　長吉」と叫ぶつもりでいて、その後半部分をきわどく飲みこんだと、のちに述懐した。

四五年八月十五日正午、終戦の詔勅放送を、十八歳の宮脇俊三は父長吉とともに米坂線今泉駅前で聞いた。

それは時代を画す日であった。にもかかわらず、その日も汽車は愚直に運行しつづけていた。父子は、放送終了後に今泉駅に入線してきた列車で、疎開先の新潟県村上へ帰った。このときの経験がのちに『時刻表昭和史』を書かせる動機となった。それは「趣味」を文学化し、「回想」を歴史化した傑作としてあらわれた。

当初は順調であった宮脇俊三の著述家生活だが、年とともに疲労感はつのった。老化もあろう。鉄道という限られたフィールドの仕事への倦怠もあろう。しかしより多くは、フリーの書き手であることのストレスが積った結果と思われる。たしかに、彼の代表作と目されるものは、その書き手キャリアの初期六年ほどのうちに書かれているのである。

一九八四年(昭和五十九)、ペルー・アンデス高原鉄道に乗りに出掛けようとしていた五十七歳の宮脇俊三は、突然呼吸困難を起こして倒れた。原因はストレスと診断された。一応の回復を見たあと、家族は自宅を貸しマンション兼用に建てかえることにした。宮脇俊三のいない生活に備える必要を感じたのである。その命名「テルミニ宮脇」とは「終着駅」を意味した。

一九九〇年代なかばから、日本社会は著しく内向的性格をあらわにするようになった。「鉄道ブーム」と「鉄ちゃん」の出現は、その象徴であった。男の子は乗物好き、昆虫好き、天文好きに分かれ、乗物好きのなかに熱心な鉄道ファンが生まれる。その愛着がオトナに持ち越されること自体は驚くにあたらない。しかし、その熱烈ぶりを広言して知識の多寡を競いあう多くの「鉄ちゃん」は、日本人が成熟を謝絶したい傾きの反映といえるだろう。

彼らはいま、宮脇俊三を「神」のごとくに尊敬しているが、鉄道趣味を「児戯」と見切って自己批評を怠らず、それゆえに「歴史文学」の書き手となった宮脇俊三の精神とは似て非であるといわざるを得ない。

宮脇俊三は元来酒を好んだ。汽車旅にもウイスキーのポケット瓶をかばんにしのばせた。そのうえ「酒を飲まねば書けぬ性《たち》」(北杜夫)であったから、ストレスが嵩じれば嵩じるほど酒量は増して、やがてアルコール依存の症状を呈した。

九七年（平成九）、七十歳のとき『時刻表昭和史』に、昭和二十年秋から昭和二十三年春までの汽車旅回想五章分を書き加えて、あらたに「増補版」をつくったが、そこで書き手としての力は尽きた。九九年には休筆、二〇〇三年二月二十六日、肺炎で没した。七十六歳であった。

「鉄道院周遊俊妙居士」という戒名は、彼が生前に自撰したのである。「鉄道院」は鉄道省の前身にかけた洒落、「俊」は俗名からの一字だが、「妙」の字は戒名にはどうか、と残された妻とふたりの娘は考えた。だが、父親はなんとなく妙な人だったし、「妙」には「すぐれた」とか「たえなる」の意味もある、それに性格にどことなく女っぽいところもある人だったから、女偏のこの字はいかにも本人らしい、と意見は結局一致した。

汽車旅のたのしみとは何か

——宮脇俊三『シベリア鉄道9400キロ』読解

宮脇俊三がシベリア鉄道に乗りに行ったのは一九八二年（昭和五十七）四月である。五十五歳、専業の書き手になって間もなくまる四年という頃合だった。

乗ってみたい外国の汽車はありますか、と編集者に尋ねられた宮脇俊三は、ほとんど即座に「シベリア鉄道」と答えた。彼は青山師範附属小学校の生徒であった時分から「時刻表」の熱心な読者であったが、その巻頭の「歐亞聯絡《おうあれんらく》」の項目に抱いた遠い憧れの思いを忘れがたかったからであった。「歐亞聯絡」とは東京からベルリン、パリ、ロンドンまで、国鉄、朝鉄、満鉄、シベリア鉄道を乗継ぎながらヨーロッパへ至る国際連絡列車のことである。

一九三六年は昭和十一年、二・二六事件が起こりベルリン五輪が開催されたその年、宮脇俊三は小学校四年生であった。時刻表を見ると、東京を出る列車に乗り、下関から釜山《ふざん》までは連絡船に乗る。その後、京城《けいじょう》（ソウル）、新義州《しんぎしゅう》、奉天《ほうてん》（瀋陽《しんよう》）、新京《しんきょう》（長春《ちょうしゅん》）を経てハルビンに至る。車中泊とホテルでの二泊を入れて満洲里《まんしゅうり》に着くのは六日目であった。

満洲里から週二便のモスクワ行でソ満国境を越え、旧東清鉄道で知多（チタ）へ行き、そこから先がシベリア鉄道になる。東京を出て十二日目に莫斯科（モスクワ）へ着き、ベルリンには十四日目、パリとロンドンには十五日目に着いた。

まさか生きているうちに「歐亞聯絡」列車に乗れるとは思わなかった。宮脇俊三の気分は浮き立った。計画するにあたって彼は、希望をふたつ編集者に出した。

ひとつは「全線完乗」である。

もうひとつは、どうせシベリアへ行くのだ、「毒食《く》わば皿まで」真冬の、とんでもなく寒いときに乗りたい、という希望であった。

宮脇俊三の鉄道旅行には「どこか修行僧の厳しさ、芸術家の求道精神のようなものが潜んでいるのではあるまいか」と書いたのは小池滋である（『シベリア鉄道９４００キロ』角川文庫版「解説」）。

柔道とか剣道ばかりではない。華道も茶道も、たんなる芸事にあらず、やはり「道」なのだ。宮脇俊三の旅行記にあるユーモアのセンスは、「鉄道」も「道」だとする「倫理的感覚」ゆえに、むしろ磨かれ輝くのではないか、と小池滋は考えた。線路はどこまでもつづくが、「道」の奥も果てしなく深いのである。

しかし、横浜からナホトカへの航路は、当時すでに冬季休航となっていたから、厳寒期

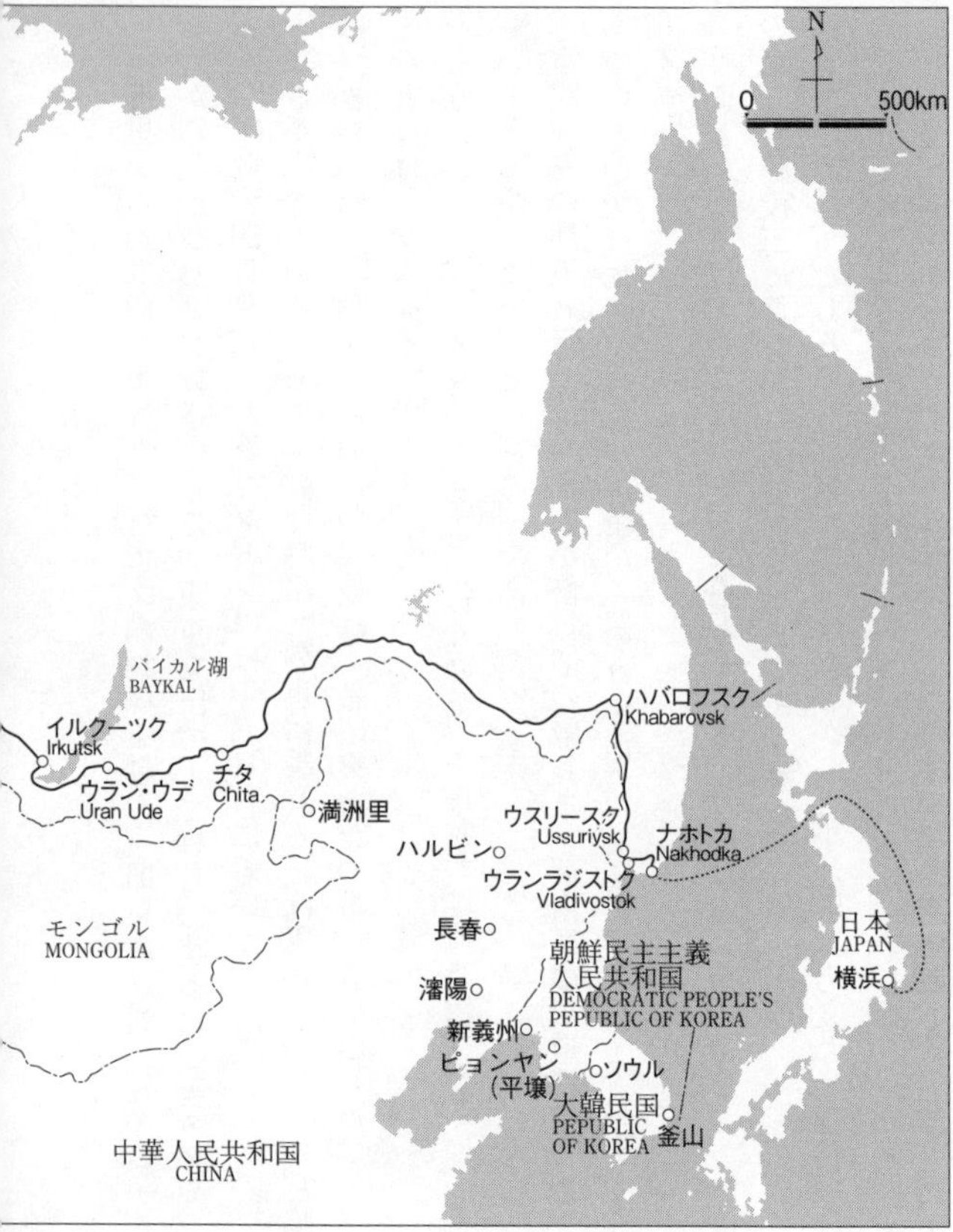
N
0
500km
バイカル湖
BAYKAL
イルクーツク
Irkutsk
ウラン・ウデ
Uran Ude
チタ
Chita
満洲里
ハバロフスク
Khabarovsk
ウスリースク
Ussuriysk
ナホトカ
Nakhodka
ハルビン
ウランラジストク
Vladivostok
モンゴル
MONGOLIA
長春
朝鮮民主主義
人民共和国
DEMOCRATIC PEOPLE'S
PEPUBLIC OF KOREA
日本
JAPAN
横浜
瀋陽
新義州
ピョンヤン
(平壌)
ソウル
大韓民国
PEPUBLIC
OF KOREA
釜山
中華人民共和国
CHINA

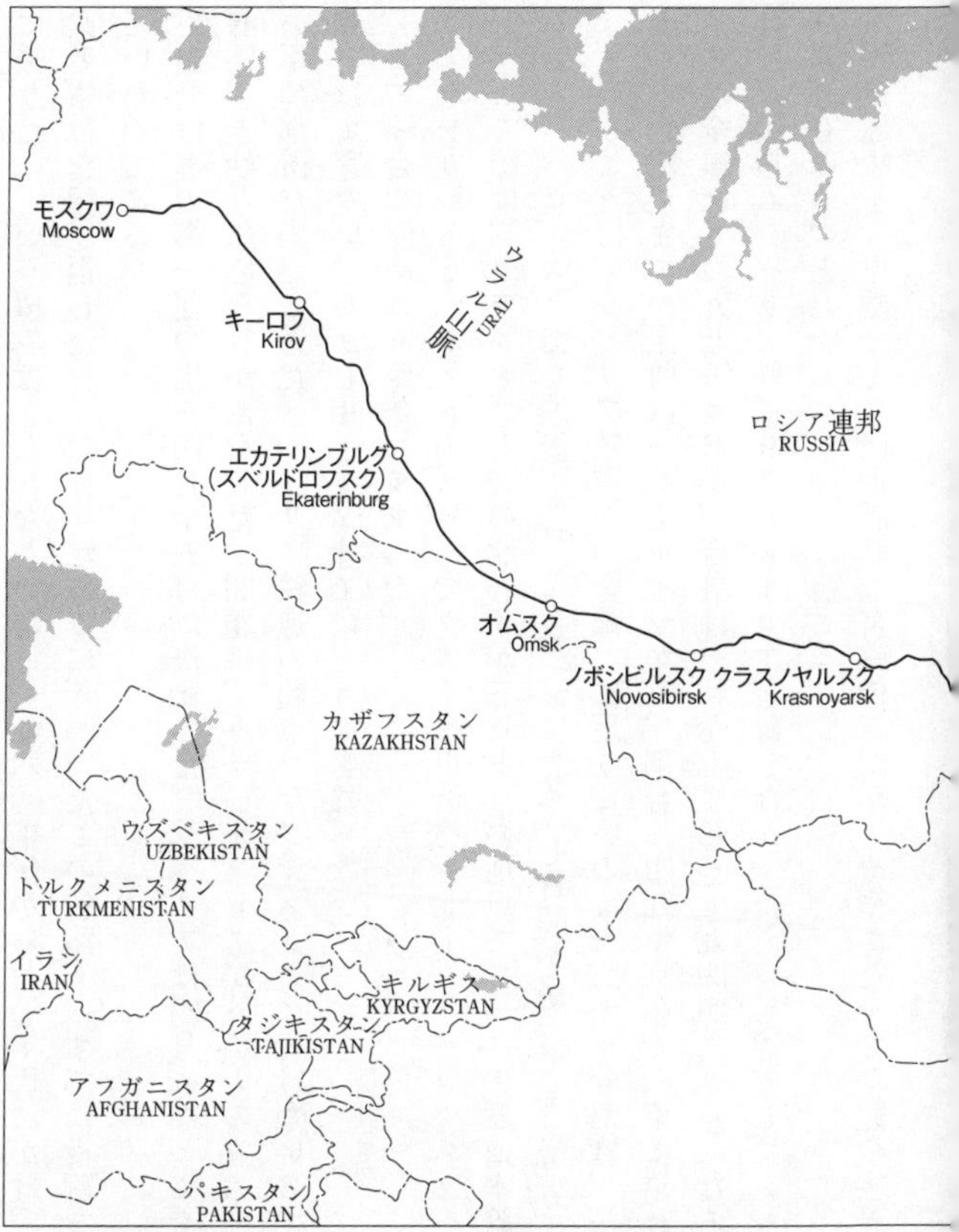
モスクワ
Moscow
キーロフ
Kirov
ウラル山脈
URAL
エカテリンブルグ
(スベルドロフスク)
Ekaterinburg
ロシア連邦
RUSSIA
オムスク
Omsk
ノボシビルスク
Novosibirsk
クラスノヤルスク
Krasnoyarsk
カザフスタン
KAZAKHSTAN
ウズベキスタン
UZBEKISTAN
トルクメニスタン
TURKMENISTAN
イラン
IRAN
キルギス
KYRGYZSTAN
タジキスタン
TAJIKISTAN
アフガニスタン
AFGHANISTAN
パキスタン
PAKISTAN

に乗りたいという望みはかなわなかった。一九六〇年代から七〇年代にかけ、世界旅行と武者修行を同一視した日本の青年たちでにぎわったこの航路も、すでに役割を果たし終えていたのである。

出発は春の第一便の出る四月十五日に決まった。シベリアは四月になってもまだ十分に寒い、と妙な慰められかたをした。問題は、ウラジオストクが外国人の立入りをみとめない軍港都市だったことだ。シベリア鉄道の起点ウラジオストクに行けないのでは「全線完乗」はできない。しかし相手がソ連ではどうにもならない。

この場合の慰めは「距離」であった。

ナホトカからは「ボストーク号」でウスリー川沿いを北上、ハバロフスクへ向かうのだが、この線は、ウラジオストクの北わずか三三キロの地点でシベリア鉄道本線に合流する。そしてハバロフスクで一泊後、「ロシア号」に乗り、七日間かかってモスクワをめざす。

ということは、シベリア鉄道の「全線」に足りないのは三三キロ分だけ、一方、ナホトカから合流点までの距離は一八二キロだから、都合一四九キロ多く汽車に乗れる。シベリア鉄道全線は九二九七キロだが、合計はそれを上まわって九四四六キロになる。本の題名は、だから『シベリア鉄道9300キロ』とはしなかった。少し遠慮して『シベリア鉄道9400キロ』とした。

鉄道趣味を「児戯」と自己批評した宮脇俊三だが、ややかたくなな完全主義の側面をも持っていたのである。

八二年当時のレートは一ルーブル三百四十二円、いま思えば悪趣味な冗談のようである。旅行費用は十七日間で約四十五万五千円、やっぱり高い。うち汽車賃は七万七千円だ。これにはモスクワ―レニングラード（サンクトペテルブルグ）往復の「赤い矢号」の料金も含まれていて、合計乗車時間は百六十九時間である。なのに、モスクワから東京へ帰る飛行機は九時間で二十二万円、宮脇俊三ならずとも憮然たらざるを得ない。

低気圧が接近する。「バイカル号」は二泊三日の航行中、間断なく揺れる。

「水割り水準器（左へ15°、右へ30°）」

と宮脇俊三の取材メモにある。

その下に、グラスのなかの液体が傾いているさまを示す簡単な絵が二点添えられた。右への傾きの方が大きいようにかいてある。

「売店の毛の帽子　16000円→56900円→10000円」

こちらは、船内売店で売っている毛皮ロシア帽の値札が、隣へひとつずつずれていた、という意味のメモである。明日もこのままなら、五万いくらの帽子が一万円で買えそうだ――メモからはそう読める。

船の復元可能角度を気にするほど揺れたのに、宮脇俊三は元気がよい。船内のバーで、アルメニア・ブランデーを五杯も飲んだせいだ。不安だから飲んだのかも知れない。「何もしないのに腹がすく」と取材メモにはある。

しかし食堂では食事の用意をする気配がない。姐さん格のウェイトレスは、床に散らばった皿やナイフを指さす。こんな状態で料理を出せとは太い了簡だ、そういいたいのである。宮脇俊三の「腹の虫」は文字どおりおさまらない。「無言の押問答」というより、睨みあいがつづいた末に、「突然姐御の掌が返」って妥協した。

姐御がうんといえば、あとは早い。ウェイトレスがきびきび動き、テーブルがセットされた。パンがきた。スープがきた。熱々のスパゲティが出た。

「嬉々《きき》として、ひと口、押しこんだ瞬間であった。ドドンと舷側が鳴り轟《とどろ》くと、体が宙に押し上げられた。テーブル・クロスが空飛ぶ絨毯《じゅうたん》の発射のように滑りだし、スパゲッティの皿を載せたまま床に落下した」(『シベリア鉄道9400キロ』)

取材メモの方は、船の揺れを体感させる筆跡での、ほんの心覚えだ。

「食堂のサギ面のおばさん、意味不明のうちに親切」

「スパゲッティ・ミートソース、サラダ(これは飛んでしまう)、パン、ソーセージ」

船中では七回食事が出た。宮脇俊三は一回も欠かさなかった。七回全部食べたのは、乗客百五十人ほどのうち十人くらいで、自分もそのひとりだった、とやや自慢げな絵ハガキが、ハバロフスクから東京の留守宅に届いた。

宮脇俊三の娘灯子《とうこ》は鉄道には関心がなかった。父の仕事にもさしたる興味を持たなかった。しかし長じて料理書の編集記者になったとき、同業の大先輩としての父に、旅行中のメモをどうとっているかを尋ねたのは、専門家に「メモのとりすぎ」を指摘されたからだった。まず見る、人の話を聞く、料理を舌で経験する、メモをとるのはそのあとでよい、とその人はいった。

父の答えは、メモはほとんどとらない、というものだった。

「とらなければ覚えていられないようなことは、書くに値しないことだから」

でも、と父はこうつづけた。

「でも、食堂車が何両目に連結されていたかとか、駅弁の中味とか、民家の屋根が切妻だったか入母屋だったかとか、そういうことはメモするよ。覚えきれないことや、主観で書くことが許されない事実だな」（『「最長片道切符の旅」取材ノート』「まえがき」宮脇灯子）

宮脇俊三のメモは、だいたいそのいうとおりに書かれている。感想はまれにしか見られない。大ぶりの手帳サイズの右ページが文字、その対向ページはおもに図解に使う。計算の跡も見える。しかし全体の分量としてはとくに少ないわけではない。平均的だろう。

ハバロフスクから、いよいよモスクワ行「ロシア号」に乗るのだが、できるだけ早く駅に着きたいと気がせくのは、乗車前に全編成を眺めておきたいからだ。内田百閒とおなじである。

「ロシア号」はチェコ製電気機関車が牽引するが、途中でディーゼルにもつけかえる。シベリア鉄道はこのとき全長の約三分の一、三〇〇〇キロほどが未電化である。電化区間も新しいところは交流電化、古くからの区間は直流電化だから、機関車付換えの頻度はかなり高い。

機関車のうしろに郵便車、そのうしろに三段式ベッドの三等寝台が四輛、つづいて二段式ベッド四人客室の二等寝台が三輛、ロシア人用と外国人用の食堂車が一輛ずつ、さらにそのうしろに二等寝台二輛、二人客室の一等寝台一輛、二等寝台がまた三輛ついて合計十六輛である。宮脇俊三の乗ったのは、一等寝台で、二人部屋に同行の編集者と入った。この編成の図解もメモ帳左ページにある。

一輛の長さ二三メートル、それが十六輛。そこに機関車と車輛の連結部を加えれば全長は四〇〇メートル強。往復して眺めたのだから八〇〇メートル余りを、予告なしに出発するソ連の汽車の動向を気にしながら、急ぎ足で見届けた。

ブリヤート共和国の首都ウラン・ウデに着いたのは、ロシア号乗車三日目の夜である。

「21時52分（1分早）定刻だったかも。22時14分（6分遅れ）」

とメモにある。

実際には二十二分間停まっていたが、予定は十五分停車である。宮脇俊三が寒いプラットホームに降りたったのは、ハバロフスクではよくわからなかった三等寝台の乗車率を見たかったからだ。

三等寝台はかなり混んでいた。それでも最上段のベッドは使われず、一輛にざっと六十人程度と思われた。窓のひとつにスターリンの肖像が掲げられていたのには驚いた。実はこれもソ連の体制崩壊のきざしであったはずだが、宮脇俊三ならずとも冷戦構造を自明の環境として受け入れてきた人々には、わからない。

いっせいに給水をはじめた脇を小走りで通り抜け、ついでに最後尾まで行った。すると二等寝台がいつの間にか二輛増結されていた。都合十八輛の長大編成で、全長がさらに五〇メートルほど伸びたことになる。宮脇俊三は、十五分間のうちにその仕事をやりとげた。

「モスクワ—キーロフ　957km　64・5／キーロフ—スベルドロフスク　861km　60・7／スベルドロフスク—オムスク　898km　65・3／オムスク—ノボシビルスク　627km　65・5……」

取材メモの左ページに、シベリア鉄道沿線主要都市間の表定速度（停車時間を含む平均時速）の計算があった。モスクワからナホトカまで、すべての都市名はロシア文字でしるされている。スベルドロフスクは、のちにエカテリンブルグと革命以前の呼称にもどった。モスクワから逆にたどっているのは、手元にあった里程表がそうだったからだろう。

モスクワ行「ロシア号」が、下りウラジオストク行「ロシア号」とすれ違うときのメモが、三日目の夕方、ウラン・ウデの手前あたりにある。宮脇俊三は事前にすれ違い予想時間を、厳密に計算していた。

「18時42分10秒（〜30秒）、下りロシア号とすれちがう。（予想は18時41分00秒）シベリア鉄道で1分刻みとは！」

ウラルはヨーロッパとアジアの境界をなす山脈として名高い。しかしシベリア鉄道が越えるのは、そのもっとも低い海抜四〇三メートルの鞍部である。わずか四一キロだけアジア側に位置するスベルドロフスクそれ自体の標高を差引くと、相対高度はさらに低くなる。山脈どころか起伏ある平原としか見えず、トンネルは一本もない。

しかし、そこに建つという欧亜の境界を示すオベリスク、これはぜひ見たい。

〈「待つ」貨物が2、3分ごとに来て視界を遮る〉

とメモにある。

待避線に入って「ロシア号」の通過を待つ貨物列車がオベリスクがあるはずの左手の視界をさえぎる、という意味だ。シベリア鉄道の本来の役割は貨物輸送だから、異常なまでに貨物列車が多く、かつ長大なのだ。

左ページに、オベリスクの位置が図示してある。その対向ページのメモ。

「アジアとヨーロッパの境の碑
13時40分30秒
1777・9キロ→1776・9」

最後のキロ程は、モスクワからの距離で、当初1777・9キロ地点と思っていたが、実際には1776・9キロ地点ではないか、帰国後要確認、の意だと思う。
「ウラルで水系が北極海からカスピ海に変る（カマ川→ヴォルガ）」シベリア鉄道中間点の通過を、似たような静かな興奮のうちに待ったり、食堂車のウェイター「ミーシャ」とコミュニケートしたり、メニュー全品をメモしたり、車中では多忙であった。だが、旅の後半の刺激はやや薄かったか、「ロシア号」車中四日目から七日目までをあわせた記述量は、ナホトカまでの船中のそれにおよばないのである。

メモには「PECTOPAH」と何度か書かれている。RESTAURANT（食堂車）のロシア文字表記で、RはPになり、SはCになる。NはHになる。
一等個室寝台の室内に落ちていた女物ハンカチのイニシャルはHだった。その持主は誰か。実はそれはアメリカ人ハバード夫人のではなく、ドイツ人メイドのヒルデガルデ・シュミットのものでもなく、亡命老ロシア貴族プリンセス・ナタリア・ドラゴミロフのものだと推理して、事件解決の手がかりとしたのは、クリスティ『オリエント急行の殺人』の名探偵ポワロだった。

一九三二年（昭和七）十二月、クロアチアのブロド手前で殺人が起きたその車輛の定員は十六人、宮脇俊三の「ロシア号」一等寝台とおなじである。ただし、オリエント急行の場合、二人部屋四室、一人部屋八室の構成だった。

一九三六年八月、横光利一は欧州滞在を切り上げて帰国するためベルリンから「歐亞聯絡」列車に乗った。まだベルリン五輪は四日残っている。

六日目、列車はゆるやかに波打つ草原としか思えぬウラルを越えた。横光利一と一等寝台で同室だったのは南北アメリカで暮らしたことがある老人だが、窓外の風景に、「こりゃ、アルゼンチンにも、アメリカにも、こんなところはありませんよ」とその広さ、とりとめのなさに、ただあきれるばかりだった。

横光利一自身はシベリアについて、こう書いた。

〈人間がこんな広大もない自然を支配出来るものではない。出来たとしたところでただ僅《わずか》に一本の鉄道だ。ここでは鉄道だけが国である〉

〈私はどんなに誇張をしようとも、誇張の威力というもののないところを初めて地上で見た思いに打たれている。

「虚無」

こう云《い》ってみて、私は私の感じていた今までの虚無に顔が赧《あか》らんで来るのを覚える〉

〈日本の虚無というのはある限りの知力で探し廻《まわ》り、ようやくおのれの馬鹿さに気附くことだが、しかし、ここでは眼のあたり虚無以外には何もないのだ〉（『欧洲紀行』）

横光利一はベルリンを出て十六日目に東京へ帰った。パリで抱いた欧州文明への賞讃の念と等量の違和感が彼に『旅愁』を書かせたのだが、そこにはシベリアで味わった「虚無」もいくらか関わっていただろう。大作『旅愁』が未完に終った理由も、そこにあるのではないか。

シベリア鉄道の車中を多忙にすごし、退屈する暇のなかった宮脇俊三は、帰国後間もなく旅行記を書きはじめた。ナホトカへ着くまでの部分は順調で、連載二回分、全体の予定枚数の三分の一を書いた。だが、汽車旅に入ったところから筆が渋滞した。

「長大なシベリア鉄道の、どこから食いついていったらよいのかわからなくなった」（『シベリア鉄道9400キロ』「あとがき」）

結局、連載を二か月休まざるを得なかったのは、横光利一とおなじくシベリアの「虚無」にあてられたせいだと思う。

汽車に乗るのは原則として昼だけ、車窓風景が見えなくなると、国内では宮脇俊三は途中下車した。その土地の店に入って夕食をとり、酒を飲んだ。そうしながら記憶を反芻した。ときに、心覚えのメモをとった。そうして味気ない駅前のビジネスホテルの部屋で眠った。

途中下車が大切なのだと思う。そうしながら、宮脇俊三は個人史と社会史を鉄道・汽車に反映させて客観した傑作を、いくつか生み出した。とすれば、風景に引っ掛かりがなく、歴史にも引っ掛かりが薄く、途中下車のかなわぬシベリア鉄道を、いざ書こうとしたとき困難を感じたのは、むしろ当然だといえる。

『シベリア鉄道9400キロ』は、おそらく、それまでの五年間、苦労しながらも充実した書きものの時間をたのしんできた宮脇俊三が、はじめてフリーの書き手のつらさ、面倒くささに直面した作品ではないか。鉄道オタクと鉄道・歴史文学の書き手、その細い稜線を難なくつたい歩いてきた著者が、書き迷った末に、わずかながらオタク方面へよろめいた、そんな姿が、おぼろげながらも取材メモから読みとれるのである。

III

ネコと待ちあわせる駅

その駅にたどりついて切符を買った。午後も遅い時間である。イナカの線なのに、みな有人駅のようだが切符は券売機で買うのである。

古い、味のある木造の駅舎だ。昭和三十年代の味わいがある。階段を三段ほど登って、ホームに出る。単線の片側ホームである。木のベンチに腰をおろし、ふと見るとネコがいた。

白地に薄茶のブチ、若いネコだ。たったいま、きたのだろう。券売機の先、待合室というには狭すぎる屋根の下、その出口に近いところにちょこんと前足を立ててすわっている。舌を鳴らして気をひこうとしたが、視線をわずかに動かすばかりだ。

散歩の途中？　領地の見回り？　尋ねてもネコは答えてくれない。

流山《ながれやま》電鉄の鰭ヶ崎《ひれがさき》駅である。千葉県流山からJR常磐線馬橋《まばし》駅まで、わずか五・七キロを結ぶ。鰭ヶ崎は流山からふたつ目、全線を走っても十一分ほどだが、ここから三つ目の終点馬橋へは七分だ。

電車に乗るのが私の趣味である。鉄道オタクが好む秘境的路線も悪くはないが、大都会近郊路線などの方がよい。車窓風景を眺め、乗客を観察し、わびた駅舎をめでる。何がおもしろいかと問われても答えにくい。なぜだかおもしろい。

その日は、まず浜松町近くの日の出桟橋から水上バスで隅田川をさかのぼった。私は橋好きでもある。勝鬨《かちどき》橋、永代橋、清洲橋。さすが戦前の建築、風格が違う。浅草・吾妻橋のたもとで上陸。少し歩き、つくばエクスプレスにはじめて乗った。約二十分後、南流山駅で降りた。

そこから北へ歩けば流山電鉄のどこかの駅に行き着くはず、と見当をつけてきた。街なかを歩いて別線に乗換えることも趣味なのだ。

陸橋があったので、おそらくこれは線路のオーバーパスだと思い、登らず脇道を選んだ。案の定、線路に突き当たった。三輛編成の下り列車が通りすぎる線路沿いを歩き、人家の裏庭みたいなところを抜けて鰭ヶ崎駅を見つけた。

しかし、ネコに無視されるのはさびしい。少しくらい反応したら？　と嘆いていると、女の人がやってきた。

四十代くらい、買物帰りなのかレジ袋を持っている。ネコは立ち上がって、彼女の脚に体側をこすりつけながら、8の字運動をした。旧知の仲らしい。

そうか。待ち合わせか。

彼女は、勝手知ったるというようすで駅舎の脇に入って行った。皿を二枚手にして再び姿を見せた。それを、かたわらの水道で洗い、持参の布で拭いた。その間、ネコはじっとすわって待っている。

彼女は、レジ袋のなかから小さな紙パックの牛乳をとりだした。封を切って皿の一枚に注いだ。ネコは、いかにも空腹だった気配で、それを飲んだ。ひそかな快い音が、静かな駅に響いた。

彼女は、もうひとつの皿にキャットフードを入れた。ドライではない方の缶詰である。駅員に頼んで、皿と皿洗い用のスポンジを駅の物置に置かせてもらっているらしい。

上りの電車が到着した。車窓から最後に見えたのは、満足そうに舌なめずりするネコと、しゃがみこんでネコを軽くなでる彼女の後姿であった。

あのネコは野良なのだろうか。それにしては身奇麗《みぎれい》だし、目配りにもいやしいところがない。そしてなによりも、約束の時間にやってくる。

ネコが邪慳《じゃけん》にされず、のんびりと暮らせる町、そういう町にめぐりあうのも私の趣味だといえるだろう。挨拶にネコたちが答えてくれなくとも、おびえを露骨に見せさえしなければ、私は十分に幸福感を味わうのである。

ああ上野駅

地下鉄上野駅から地下道を歩いた。地上に出ると、道路の向こう側は上野の山へ登る階段である。JR上野駅より先に、まず西郷さんの銅像を見ることにした。

東京で暮らして四十年。なのに、西郷さんの銅像は平成十九年（二〇〇七）はじめて見たのだ。想像していたより小さい、というのが第一印象だった。だが顔はいやに大きい。表情もよいが、犬連れだというのが、やっぱりよい。「反革命家」も銅像にする。そういった日本文化のセンスは、高村光雲の仕事とともに世界に誇るべきだ。対面二回目の翌年春にもそう思った。

西郷さんが立つ場所は海抜一八メートル、上野の山、というより台地は、だいたいこの高さだ。山下の海抜は七メートルほどだから高低差一一メートル、三階半くらいの高さだ。そこからJR上野駅の古い駅舎は見える。そのはずなのだが、周囲の建物にまぎれてわかりにくい。

昔は壮大な建築だった。いまはそれほど目立つわけではないうえに、南西から北西へ、つまり上野の山には真横を向けて駅舎が建てられているからだ。

そういえば、私は上野駅の外観もよく見たことがなかった。郷里は新潟だから、何十遍も上野駅には行った。しかし、たいていは夜だったから、大きな方形の塊が黒々と、やや威圧的に建っている、そんな記憶しかなかった。

このたび駅舎の正面に立って、しみじみと眺め、補修の手がていねいだということもあるだろうが、美しい建物だと感じ入った。

着工は昭和五年（一九三〇）である。基礎工事のために掘りこんだら、白骨や武器がたくさん出たという。慶応四年（一八六八）五月、上野戦争の跡だ。

昭和二年にすでにできていた地下鉄上野駅と、地下二階レベルの通路で連絡して、昭和七年に完成した。鹿島組（のちの鹿島建設）自慢の仕事で、竣工時には工事関係者全員の氏名を書いた額を、正面玄関口の天井裏に奉納した。新駅舎の業務開始は昭和七年四月五日、もう少しで八十歳になる建物である。

昭和戦前モダニズムを体現するような上野駅は、各地の駅の新築・改築に際してモデルとされた。よく知られているのは小樽駅と樺太西海岸の真岡駅《まおか》（ホルムスク駅）である。真岡駅は、上野駅のミニチュアのようだった。

上野駅では正面玄関を入った出札広場が吹き抜けになっている。階上は明るい回廊である。そこに、近所の東京芸大や芸大院の卒業制作美術のうち、大学が買い上げた秀作を展示したりする。一方、スケールの小さな真岡駅では回廊などつくるゆとりはなく、その二階部分も駅務室として使った。ソ連・ロシア時代には開かずの物置となった。

上野の駅務室は、正面から左右にのびたウイングの一、二階を占めていたが、いまはすべてコーヒーショップやレストランである。

山手線で上野へくるとき、私は高架ホームで降り、階段を下って中央コンコースに出た。そこから、長距離発着の頭端式ホーム（ターミナル式行止りホーム）へ向かうのだが、時間待ちでよく正面の「ハードロック・カフェ」に入った。そこが駅舎の南ウイング、つまり旧駅務室一階にあることを、今回はじめて知った。

すぐそばを歩いているのに、駅内部のコンコース側からは駅舎の存在に気づかない。うかつといえばうかつだが、なぜかそうなってしまうのだ。

久し振りに上野駅にきて、頭端式ホームが見たくなった。東北、常磐、上越、信越、北からくる昭和の列車はみなそこに着いた。

13番ホームから18番ホームまであったと思ったのだが、18番がない。消えている。地下の新幹線ホームは19番から22番までだから、遠い昔、集団就職列車が着いた18番ホームは「永久欠番」になったようだ。

そのかわり、というわけではないが、13番ホームに、夕方出る札幌行寝台特急カシオペアが入っていた。写真を撮ったり、乗車前に全編成をじっくり見るためにホームをえんえんと歩いているのは、男の子を連れたお父さんばかりである。

時代は移った。

それでも上野駅は健在、旧駅舎のレストランなど行列ができるほど好調だ。だが旧樺太真岡駅の方は先年壊された。豊原（ユージノサハリンスク）までの豊真線《ほうしん》は、とうに廃線となっている。

壊す直前、日本の鉄道ファンが駅の二階で、樺太庁鉄道時代の資料を大量に見つけた。サハリン州から譲り受けたそれを、ＪＲ東日本に寄贈、保管してもらうことにしたそうだ。寝台急行「銀河」の運行終了の夜など、東京駅のホームでいたずらに狂奔するばかりのような「鉄道オタク」も、ときに社会貢献する。

汽車好きのこのむもの

1

少年時代、私は貨物列車の車掌車で暮らしたいと願った。

いまはもう見ることはないが、一九六〇年代まで、長い長い貨物列車の編成の最後尾には車掌車がつけられていた。色は貨物列車全体と同じ真っ黒、地味な車輛であった。

北国では、車掌車のなかにダルマストーブが据えられていた。客車と違ってスチームはとおっていないから、ストーブに石炭をくべて暖をとるのである。

ほかに、つくりつけの小さなデスクがある。夜の雪原を走る貨物列車で明るいのは、機関車の前照灯と車掌車から漏れる窓あかりだけである。

私はその光にあこがれた。車掌車に住んで人生を送りたいと思った。

操車場での作業を終えて列車は出発する。街はすぐに遠ざかる。闇のなかを汽車は走る。ストーブにのせたやかんで薄い茶を飲み、毛布を肩にかけて仮眠をとる。目覚めれば海辺である。

私は、ほんとうは「ここんち」の子ではないと思っていた。自分は捨てられた子なのだ。または、事情があって預けられた子なのだ。そうでなければ、これほど親に迫害されることはあるまい。

コドモとは「家族の必然性」を一度は疑うものだ。「人生の不条理」を一度は実感するものだ。そんなとき「貴種流離譚《きしゅりゅうりたん》」のファンタジーで自分を慰める。

私の場合、それが、いつか迎えにきてくれるはずの「ほんとうの親」という物語に向かわず、車掌車で働きながら旅する暮らしという物語になったのは、他のコドモよりリアリストであるくせに、一面だけ過剰なロマンチストであったせいだと思う。それは、いまに至るもかわらぬ性癖である。

2

北陸本線、敦賀—今庄間の北陸トンネルは昭和三十七年（一九六二）に完成した。同時に北陸本線の旧線は廃線となり、その間にあったいくつもの単線用トンネルも不要となった。いま、その線路跡と旧鉄道トンネルは道路にかわっている。

もとが単線だから、トンネルは車一台分の幅しかない。短いものは先入車優先、長いトンネルだと信号による交互通行になっているが、車はまれな山間の道だ。

先日、そこをわざわざ走りに行った。車は敦賀で借りた。

私はトンネル好きである。昭和三十年の晩秋、はじめて上越線・清水トンネルを体験した。当時日本最長のトンネルである。急行列車は混んでいた。座席はなく、私と母は最後尾に立っていた。貫通式客車だったから、さえぎるものが何もないそこで、私は母の手を汗ばむほどに握りしめた。

清水トンネルのループ曲線を急行列車はなぞって進む。尾灯に浮かぶ薄闇のなか、列車は無限に回転しつづけると思われた。それは不思議な眺めだった。別の世界へつづく軌道のようだった。事実、新潟側から群馬に抜けると、季節は晩秋から中秋へと戻るのだった。

北陸旧線跡のトンネルも、長いものはループこそないが、内部でカーブしている。出口の光は見えない。天井から水が流れ落ちてくる。軌道跡の道はヘッドライトの光に輝く。車が左右の壁に触れないか不安だが、私は不思議な道を進む喜びを味わった。男とは妙な生きものなのか。それとも私がヘンなのか。

今庄付近で現在の北陸本線と合流して現実世界に戻った。かつて機関区のSLが煙を吹き上げ、除雪基地でもあった今庄は、永遠の午睡をむさぼるような静かな田舎町になりかわっていた。

3

大正十二年（一九二三）七月三十一日火曜日、宮沢賢治は二一時五九分発青森行八〇三列車に乗った。満二十六歳、岩手県立花巻農学校教諭となって二年目の夏休みだった。翌早朝に青森着、七時五五分発の青函連絡船で函館に行き、桟橋駅から旭川行普通列車に乗継いだ。旭川着は八月二日四時五五分。

宮沢賢治は樺太（サハリン）に行こうとしたのである。なんのために？

前年十一月二十七日、ふたつ歳下の妹とし子が病死した。みぞれの降る寒い朝だった。

賢治は深く悲嘆した。


　とし子は死んだのではない。どこか遠いところへ行ったのだ。そう彼は信じた。そこは、鉄道線路の果てるはるか北の空である。賢治は妹に会いに旅に出たのである。

「あいつはこんなさびしい停車場を／たつたひとりで通つていつたらうか」（「青森挽歌」）

八月二日、一一時五四分旭川発急行一列車で稚内二一時一四分着。二三時三〇分発稚泊《ちはく》連絡船対馬丸に乗った。大泊（コルサコフ）着は七時三〇分。


　時刻は私が調べたのではない。マニアが調べた。私はマニアではないが、彼らの執念は尊重する。

　王子製紙大泊工場に盛岡高農時代の旧友を訪ねて表向きの用を足した。樺太東海岸線の終点栄浜《さかえはま》（ズドロドゥプスコエ）に向かったのは八月四日である。鉄道は、大泊から一〇〇キロのそこで果てる。

「わたくしが樺太のひとのない海岸を／ひとり歩いたり疲れて睡つたりしてゐるとき／とし子はあの青いところのはてにゐて／なにをしてゐるのかわからない」（「オホーツク挽歌」）

死者と生者とをつなぐ回路、それが賢治にとっての鉄道のイメージであった。彼はすでに「銀河鉄道の夜」を発想しつつある。

4

樺太庁所在地の豊原（ユージノサハリンスク）の北、汽車で四十分ほどの落合（ドリンスク）にも王子製紙の大工場がある。その北東に位置する栄浜はオホーツク海に面した小さな町である。私は宮沢賢治と同じ経路をたどったことがあるが、落合―栄浜間はとうに廃線となっている。

海岸には、座礁した貨物船が赤錆びたスケルトンをさらしている。雲は低い。十月末の雪がちらつく。なのに銀色の空は、へんに明るいのである。

「何の用でここへ来たの、何かしらべに来たの、しらべに来たの、何かしらべに来たの。」

（「サガレンと八月」）

八十年前、賢治にそう尋ねたおなじ西風が、私にもいう。何の用で、と問われてもちょっと困る。しいていえば、捨てられてかわいそうな駅を見に来たのです。

栄浜駅は、プラットホームのごく一部以外、跡かたもない。しかし三角線跡ははっきり残っていた。

三角線とは、大きな三角形に敷いたレールの上を、スイッチバックを重ねながら機関車を方向転換させる仕掛けだ。ターンテーブルのない終着駅でよく使われた。

しみじみと眺めていると、老婆が寄ってきて農耕馬の首筋をなでながら廃線を嘆いた。かつてこの駅で働いていたのだという。ロシアではいまも鉄道は女性中心の職場である。ただし共産主義の置き土産か、おおかたの女性は不愛想このうえない。

「支手のあるいちれつの柱」「さびしい停車場」——賢治が死者のもとへ旅した「銀河鉄道」の始発駅は、このさびしいオホーツク海岸の廃駅であったのだろう。

5

鉄道ファンの好むものは実にさまざまだ。

私の場合は、少し考えた末に、廃駅とレールの終点にある車止めとトンネルが好き、と答える。やっぱりヘンですかね。

函館から東京に帰るとき、わざわざ津軽海峡線に乗った。吉岡海底駅で途中下車した。海底駅見学切符もついでに買ったのである。その頃まだあった「ツアー」の参加者は初老夫婦と三十代の夫婦、それに私の五人だった。

海底駅構内はただただ広い。「007」シリーズの敵役の地下基地だ。新幹線用の立派な路盤上を在来線は走るのだが、いまは、北海道と本州を結ぶライフラインの保守基地となっている。

二時間の見学を終えると、案内役のJR北海道の人も青森方面へ向かう特急列車に乗った。

あれっ、函館に帰るんじゃないんですか？

函館行が停まらないんで、津軽の蟹田《かにた》まで行って戻るんです。

あ、そうそう、と彼はつづけた。特急の先頭車輌へ行くと、トンネルの前がずっと見通せますよ。

アドバイスに従って、えんえん先頭車まで歩いた。小学生がひとり立ち、前方を眺めていた。「スーパー白鳥」の運転席は二階なので、先頭車のガラス窓越しに前方が見える。えんえんとつづくレールが見える。

しばらく脇で待っていると小学生は去った。悪いことをした。

長い長いトンネルの出口が見えるわけではない。その「かぶりつき」からは、ただ時速一六〇キロで真っ直ぐに闇を裂く光景が見えるばかりだ。

何がおもしろいか。なんにもおもしろくない。なのに飽きない。おもしろい。

二十五分後、列車は陸上に出た。もう津軽である。美しい夕暮れだった。

橙色のあかりがともる蟹田駅に着くまで、私はその場所を離れなかった。黄昏《たそがれ》の線路は、懐かしい場所へとつづいているようだ。

只見線の旅

上越新幹線を浦佐駅で降りた。空気が、かっと暑かった。旧盆の頃だった。在来線に乗換えて小出駅へ行くと、もっと暑かった。停車中の只見線二輛編成の車内にあった温度計は三十六度、天井で首を振りつづける扇風機はものの役に立たない。魚野川の、広くて美しい谷には盛夏の熱がたまりやすいのだ。

しかし私は、この暑さが嫌いではない。米づくりには酷暑の夏が必要なのだ。のみならず、遠い昔、昭和三十年代の苛烈だが単純だった夏を思い出しもする。

一三時一七分発会津若松行は、思いのほか混んでいた。立つ人さえいるのは、ローカル線の主要客である高校生と地元のおばあさんのほか、時節柄、旅行客と帰省客の姿が少なくないからだ。旅行客のうちのかなりの部分が、子供連れ、家族連れのお父さんたちだ。彼らは明らかに鉄道好きと見えた。

三年ほど前にも只見線に乗ったことがある。そのときは会津若松から小出へ行った。会津盆地の南側の山裾をなぞるように進むうち、会津高田、会津坂下《ばんげ》で高校生の大部分が降りた。そこから先は只見川の深い谷である。会津若松から二時間、会津川口で最後の高校生と地元客が降りたあと車輌に残った全員、私を含めた二十三人が鉄道ファンだったのには驚いた。

車内を歩きまわりながら、中学生くらいの息子に「鉄ちゃん道」を仕込むお父さん以外は、二十代から六十代くらいまで、年齢はいろいろでも、みなひとり旅だった。そして全員が小出まで行った。自分のことを棚に上げて、ただ乗るだけが目的とはご苦労なことだと思った。

小出を出発すると、只見線の列車はすぐに東北へと進行方向をかえた。魚野川の鉄橋を渡って、破間川《あぶるまがわ》の谷を快調に遡上した。開け放った窓からの自然通風で、車内の温度はいくらか下がった。焼けるように熱かった窓枠も冷えた。

小出からふたつ目の駅、越後広瀬で高校生五人と地元の人が三人降りた。

新潟の高校生に限らず、地方の子らはとてもゆっくり下車する。停車して誰も降りないのだと見切った頃、おもむろに立ち上がって出口へ向かう子が少なくない。ワンマンカーの運転士は先刻承知のようで、彼や彼女の下車を辛抱強く待っている。

魚沼田中では、高校生ふたり、犬を入れたケージを運ぶ中年女性がふたり降りた。東京から新幹線できたらしい。

上条でも高校生ふたりが降りた。入広瀬《いりひろせ》では高校生七人と、帰省客らしい人をまじえた

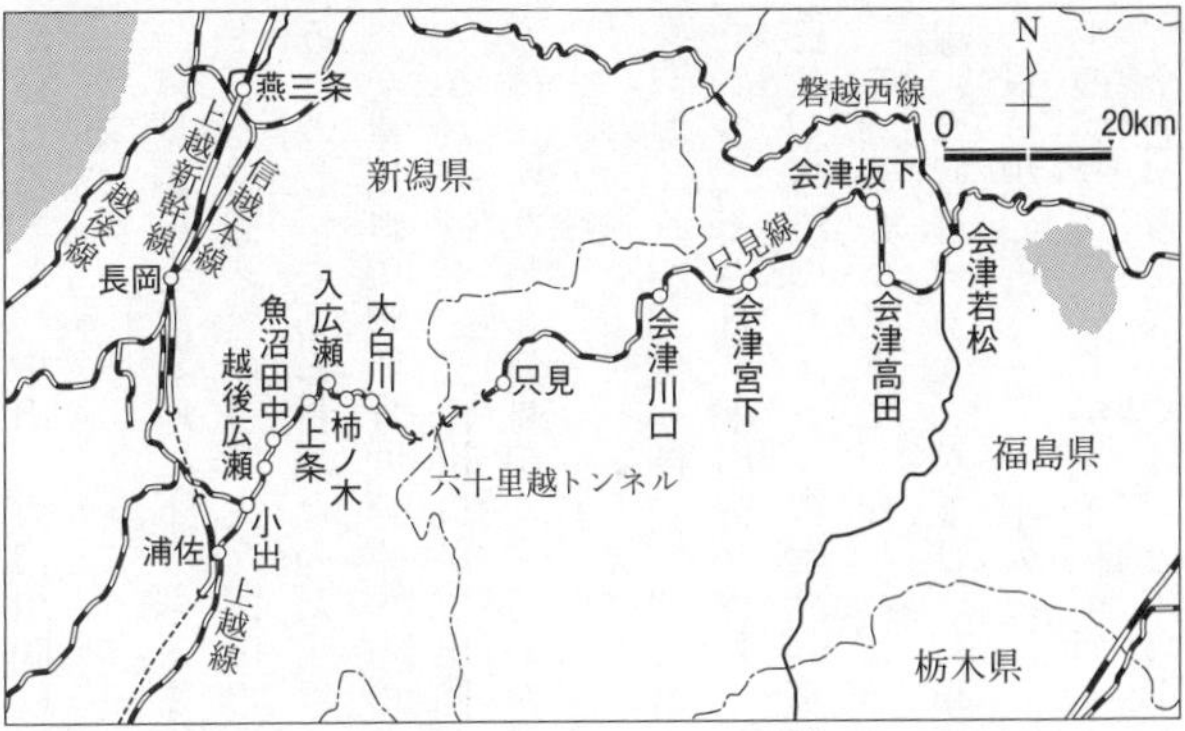

三人が降りた。車内はぐんとさびしくなる。ひとりの高校生はホームに立ったまま、列車の通過を待っている。線路を渡って、駅舎の反対側にある家に帰りたいのだ。

新潟県内にはまだ柿ノ木、大白川とふた駅あるが、乗降客はいない。大白川駅で、線路点検のディーゼルと電気両用列車と行違った。残った客は、みな福島県まで行くのである。緑はますます濃い。谷水の流れはますますはやい。

六十里越《ろくじゅうりごえ》の長いトンネルを抜け、無人駅田子倉の次が只見だ。大白川から二〇・八キロ。只見駅の先で、自転車の女子高校生三人が列車に手を振った。

コドモ以外が手を振る姿を見るのはまれだ。自分のために振ってくれたのではないとわかっていても、嬉しかった。同時に、恥ずかしかった。私は用もないのに乗っているだけなのだ。只見―会津川口間の運行頻度は只見線内でももっとも低く、一日三往復しかない小出―大白川間は五往復だ。しかし冬季運休と高校の休暇中運休が一本ずつある。

只見から会津盆地に下りきるまで、車窓には細長いダム湖が、ほとんど連続して見える。まるで田植え直前の広大な棚田のようだ。只見川の水は一滴も無駄にせず発電に使う、そういう覚悟のあらわれなのだ。

会津川口で十四分間停車するのは、小出行列車と行違うためだ。ここで帰省客らしい何人かが降りた。会津川口が小出側からの方が東京から近い分界点なのだろう。残った旅行客は、すなわち只見線に乗るのが目的の人々ということだ。かわりに高校生が十何人か乗りこんできた。

只見—大白川間が開通、只見線が全通したのは昭和四十六年（一九七一）八月二十九日である。その日、小出行一番列車に乗ろうと、わざわざ早朝の会津若松駅に行った宮脇俊三は、普段のローカル線始発列車と変わらぬ発車風景に脱力した。

それが会津宮下で一転した。ホームで日の丸の小旗がいっせいに振られた。その先の沿線には歓迎する人々が並び、列車は会津川口で満員になった。

只見駅に着くと、ホームは「ブラシを仰向けに置いたように人で埋まっている」「高校生のブラスバンドが『クワイ河マーチ』を吹き鳴らす」（『汽車旅12ヵ月』）。

全通からしばらくは、会津宮下から新潟県寄りの地域が、小出経由の恩恵に浴したということだ。東北新幹線が開通すると、それが一五キロほど西の会津川口まで後退した。郡山へ出て東北新幹線の方がはやいのだろうが、会津川口以西の列車が一日三往復では是非もない。

ところで、会津川口から乗ってきた高校生の半数が会津坂下近くまで行ったのにはびっくりした。彼らは一時間三十分もかけて、毎日山の奥の方にある川口高校に通っているのだ。日本には私の知らないことがまだたくさんある。

一七時一八分、会津若松着。一八時〇二分発の磐越西線郡山行を待つためにホームに行くと、車内で見た観光客が少なくとも十人はいた。同好の士という共感もないではないが、お互いいい歳をして、というひそかな自嘲の方が先に立った。

廃線と再生

二〇〇六年（平成十八）九月、所用で神戸へ行った。帰りは岐阜から富山まで高山線で行き、富山から東京へと、わざと遠まわりをした。私は汽車好き、ローカル線好きだが、できるだけ「ことのついでに乗る」という態度を崩したくないのである。

岐阜駅で切符を買おうとしたら、窓口の係員に「えっ？」という顔をされた。

「不通ですよ、高山線は」

「でも連絡バスがあるでしょ？」

「ああ、バス。ありましたねえ、そういえば」

二〇〇四年秋の集中豪雨はすごかった。神通川《じんづうがわ》の支流、宮川の水は高山線の鉄道橋と路盤を押し流した。以来、飛驒古川の北、角川《つのがわ》から富山県南端、猪谷《いのたに》まで二七・五キロメートルの区間は不通のままで、連絡バスが代替運行している。

特急列車の車内はほぼ満席だった。が、高山でほとんどの乗客が降り、ついでに二輌切り離した。残る四輌で終着駅・飛驒古川まで行ったのは十人だけだった。高山を出ると、早くもスタッフが車内の清掃を始めた。

ほんとうは飛騨古川までだって普通列車を乗継いで行きたかったのだが、それでは都合のよいバスには乗れない。連絡バスは日に七便あっても、朝夕を除けば三便だけ、さらにその日のうちに東京へ帰れること、なんにもないはずの猪谷駅で富山行を二時間待つのはいやだという条件をつけると、午後二時のバス一便しかないのである。

飛騨古川から角川までは二輛編成の普通列車で行く。けっこうな数の高校生がいたはずなのに、終点まできて、さらに連絡バスに乗ったのは五人だけだった。ほかに青年、中年、初老のひとり客が五人。背広姿で書類ケースを抱えていたひとりを除き、あとは汽車好きというより旅行好きの男たちだった。うるさいほど喋りあっていた男女の高校生は、みな休業中の途中駅前で降りた。

それにしても水害のあとは恐るべきものだった。

汽車旅と昭和史をみごとに結合させた作家・宮脇俊三は、このあたりの高山線をこう書いた。

「崖《がけ》を削り、なんとか汽車の幅だけの平面をつくるが、どうにもならなくなると対岸に渡る。それでも行詰まるとトンネルを掘る。わずかな平地があると、ほっとしたように崖っぷちから離れ、駅がある。しかしそれも束《つか》の間《ま》で、すぐまた崖とのつき合いになる。よくそこんなところに線路を敷いたものだと感服させられる」(『最長片道切符の旅』)

その「どうにもならなく」なって神通川の谷を渡った鉄橋が、ことごとく流されていた。寸断された国道に臨時のバイパスをつくって車を通しているのだが、当然未舗装であるうえ狭い。大型バスではこの道は走れない。雨季に神通川を見た明治の「お雇い外人」治水技術者は、これは川というものではない、中流部まですべて滝だ、といったそうだ。そんなところにレールを敷いた高山線の全通は一九三四年（昭和九）である。

息を吞むような五十分ののち、猪谷駅前に着いたら、シャッターの降りた菓子屋の前に立っていた中年男性が「さよなら神岡鉄道」というパンフレットをくれた。彼はボランティアだった。駅に掲げられたさびしげな横断幕を見、その手製のパンフレットを読んで、私は第三セクター神岡鉄道が二〇〇六年十一月限りで廃線となることを知った。しかし、十月にもう一度、神岡鉄道に乗ってみるためにここまでくるとは、そのときは思わなかった。

国鉄神岡線は一九六六年（昭和四十一）に開通した。それ以前、神岡鉱山まで鉱石運搬用の軽便鉄道が走っていた。八四年、第三セクターに移管されて神岡鉄道となったのだが、神岡鉱業が二〇〇四年（平成十六）に輸送をトラックに切り替えると、残ったのは一日平均五十人の乗客だけという実情では、廃線もやむを得ない。

十月には、逆側の富山から猪谷へ行った。神岡鉄道の一輛だけのディーゼルカーは廃線前のせいか、けっこう混んでいたが、神岡方面から乗ってきた乗客の大部分が、また同じ車輛で引返したのには驚いた。多くは家族連れの観光客で、彼らは最初に車で奥飛騨温泉駅（旧神岡駅）まで行き、車を駐車してから神岡鉄道に乗ったのである。

深い山奥だから、神通川の上流である高原川の谷の景色はすばらしいはずだが、よく見えない。その全区間約二〇キロのうち三分の二近くがトンネルで、「奥飛騨の地下鉄」と呼ばれたりしたくらいだからだ。

神岡鉱山前駅で、忽然と街が現われる。そこまでに三駅あるが、人家はまれ、ただただ深い山である。神岡鉱山前、飛騨神岡、神岡大橋、終点・奥飛騨温泉口、三キロの間に四駅あり、鉛と亜鉛を産出したかつての神岡鉱山の繁栄がしのばれる。

奥飛騨温泉口の空気は、さびしいほどにさわやかである。廃線間近の終着駅にはそぐわぬ立派な喫茶店を偶然見つけ、オーガニック・コーヒーを飲んだ。そうして、神岡鉱山軽便鉄道以来八十三年の歴史の終りを、しみじみと味わった。

富山は猪谷の四〇キロ足らず北方にある。神通川は、富山市中心からさらに一〇キロほど流れて日本海にそそぐ。最下流を付かず離れず走って富山から岩瀬浜に至る八・〇キロの鉄道は、かつてJR富山港線だった。

二〇〇四年夏、私は富山港線に乗った。このときも金沢での用事のついでで、終点まで乗り、おなじ電車で引返してきただけである。単線だが、市街地を割って走るたたずまいは、都電荒川線のようだった。だが荒川線よりはるかに車内は閑散としていて、いずれ廃線となるだろう盲腸線という印象だった。

その富山港線が二〇〇六年四月、第三セクター富山ライトレールとなった。これは乗ってみたい。

JR時代の富山港線は富山駅から出ていた。東へ少し行った富山口駅をすぎると北に急カーブをえがき、終点・岩瀬浜駅をめざした。

富山ライトレールは、そのカーブが終るまでの一・一キロを路面電車化した。そこから先は、旧JR線のレールを流用する。始発駅（停留所）は富山駅北である。車輛は超低床の二車体連接、これが七編成あって、それぞれに色分けされている。美しい、というより、かわいい。定員は立席も含んで八十人、平日の午後にだいたい四十人乗っていた。座席は埋まっている。

沿線人口は約四万五千人、十年前から微減にすぎない。なのにJR富山港線時代の一日平均乗客は九〇年代なかばで一日六千人、それが二〇〇五年秋には二千三百人（休日千人）にまで減少した。運行本数も最盛期の半分、一日十九本となった。

二〇〇六年四月二十九日のライトレール開業日には一万二千七百五十人が乗った。ご祝儀乗車が大部分だったろうが、八月末までの実績では一日平均五千三百人、当初の目標三千四百人を大きく上まわった。

閑散時間帯でも一時間に四本、終電も従来の二一時台から二三時台まで遅くした。運転本数はJR時代の六倍、新駅をつくって駅間も六〇〇メートルと短縮したうえに、車椅子もそのまま乗れる低床車輛と低いプラットホームが功を奏したのだろう。しかし、それでも経営は楽ではない。

二〇一五年に北陸新幹線が富山駅に入る予定だ。そのとき富山駅南口までライトレールを延ばし、南口から市の中心部をめぐる富山地方鉄道の路面軌道との直結をめざす。そのときまで、なんとか赤字を最小限にとどめたい。

富山湾に面した町、岩瀬は大正期まで日本海海運で繁栄した。JR富山港線の遠い前身、富岩《ふがん》鉄道も土地の有力者たちが敷いたのである。それら旧家と運河などの観光にライトレールが使われれば、地元客とあわせて、地方中核都市と路面電車の相性のよさが実証できるだろう。

神岡線と富山港線、ふたつの旧JR盲腸線のあり方は対照的だった。

神岡鉄道の廃線は時の流れである。車と人口減と泣く子には、ローカル線は勝てないのである。しかし、富山ライトレールには希望を感じた。こざっぱりとした車体やシステムそのものに肩入れしたくなった。このような路面電車の頑張りを見るのは、中年の心の健康に大いによさそうである。

生き残った盲腸線

太平洋岸、三陸鉄道北リアス線の小本《おもと》駅前を出た朝一番のバスは、二〇キロほど小本川をさかのぼり、午前七時少しすぎに岩泉駅前に着いた。相客はひとりだけ、途中からおばあさんがふたり乗りこんできた。

岩泉駅は思いのほか立派だった。「昭和四十年代モダニズム」の典型的建築である。しかし駅の扉はまだ施錠されている。仕方がないので目覚めたばかりの岩泉の町を散歩した。小ぶりで落着いた山あいの町だ。しかし町域全体は広い。北上山地分水嶺の東側の太平洋岸まで、香川県のほぼ半分に匹敵する広さを持つ。木炭需要の最盛期には二万八千人が住んだ。いまは一万二千人。早い登校をする小学生が、私に大きな声で「おはようございます」といった。

岩泉線は、もともと東北本線一戸《いちのへ》の南、小鳥谷《こずや》から小本をつなぐ計画線、小本線の一部だった。小本線は結局つくられなかったが、その枝線ともいうべき山田線茂市《もいち》から岩泉附近の浅内までの線は、戦中から戦後にかけての長い工事の末にできた。

だが岩泉まで、残る七・四キロの延伸は、一九七二年（昭和四十七）まで待たなければならなかった。JRのではない町有の駅舎も、開駅を記念した誇らしげな駅前の石碑も、町民の宿願成就の喜びがこめられているわけだ。

全通したそのときからすでに不採算路線として廃線候補にあげられた岩泉線は、八七年（昭和六十二）のJR移行後も生き残ったものの、へんな線である。

一日三往復だけ、それも宮古への通勤・通学には事実上使えない時間にのみ走るのだ。途中の岩手和井内《いわてわいない》までの往復が一便あるが、早朝六時台だ。まして東京から汽車好きが乗りに行くとなると、どこかで一泊しなければ乗れない「難乗路線」なのである。

私は朝一番の岩泉行に狙いをつけた。山田線午前六時三五分宮古発に乗り、茂市駅で岩泉線七時〇一分発に乗継ぐ。七時五三分岩泉着で八時〇三分には折返し、茂市には八時五二分に戻ってくる。そのあと四十分後に入る山田線盛岡行、快速「リアス」に乗ろうと考えたのである。帰りは、盛岡から北上まで在来線で行き、北上―横手間を結ぶ北上線に乗るつもりだった。

朝一番の宮古発に乗るためには宮古に泊る必要がある。いいかえれば暗くなる頃、宮古に着けばよい。

私は早朝に東京を出発、まだ朝の通勤ラッシュ時間帯の仙台から、三陸方面のローカル線を乗継いだ。仙石《せんせき》線、石巻線、気仙沼線、大船渡線、三陸鉄道南リアス線、山田線と北へたどって、午後六時前に宮古へ着いた。堪能した。というよりさすがにくたびれた。

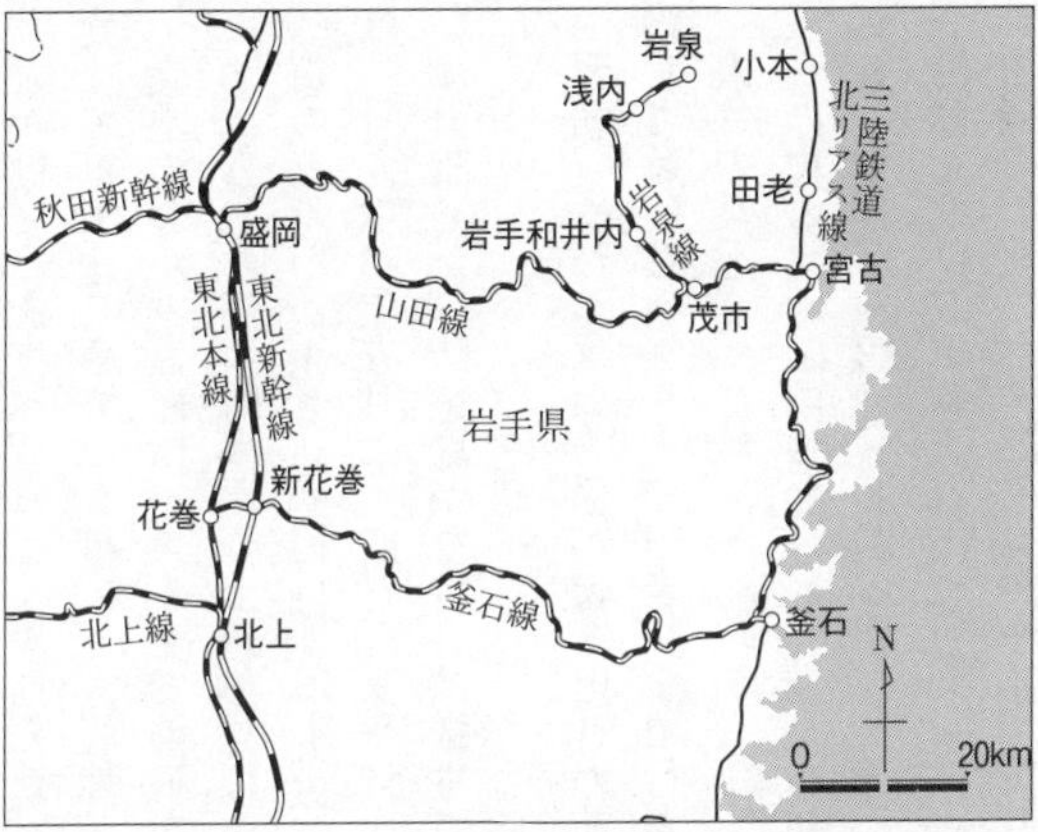

宮古駅前でビジネスホテルに電話した。意外にも、どこも満室だった。ラグビーの大会があるせいだという。旅館もふさがっている。街から離れた観光ホテルさえ駄目だったときは、少なからずあせった。これでは明早朝の岩泉線に乗れない。

宮古での宿泊をあきらめ、発車直前の三陸鉄道北リアス線久慈《くじ》行にとび乗った。遅い帰宅の高校生で混む車中から電話をかけつづけた。トンネルに入るたびに電波が途切れる。

田老《たろう》のホテルのフロントと話がついたのは、宮古の一二・七キロ北、田老駅に列車が停車したのと同時だった。

そこしか開いていないとホテルの人に聞いた「善助食堂」まで、暗い街並みを歩いた。カツ丼とかけソバを食べ、ビールを飲んだ。客は私だけだった。新幹線車中でサンドイッチを食べて以来はじめての食事に、人心地がついた。汽車旅は重労働だと身にしみた。

食堂のおかみさんにホテルまでの道をていねいに教えてもらったのに、迷った。すばらしく高い防潮堤の上から見はるかしたが、街が暗すぎるのだ。

街の真ん中を走る防潮堤は、一九五八年（昭和三十三）に第一期工事が完成した。それは、一九六〇年五月二十四日、太平洋を横断して到達したチリ地震津波の被害の軽減に大いに貢献した。防潮堤がなければ犠牲者は百三十九人ではとても済まなかっただろう。

翌朝、まだフロント係が起き出さぬ前にホテルを出た。勘定は前夜に済ませてある。予約しておいたタクシーで田老駅まで行き、宮古発の北リアス線に乗った。私はその列車の三人目の乗客だった。

この線の宮古—田老間は七二年（昭和四十七）二月、つまり岩泉線と同年同月の開通である。それが八四年、北から延びてきた久慈線と連結、同時に第三セクターに移管されて三陸鉄道北リアス線となった。

田老町の北一二・四キロの小本で降りた。駅前に六時三七分発、朝一番のバスが待っていた。幸運だと思った。これなら間にあう。「難乗」の岩泉線に乗れる。私はようやく安堵した。

町内散策を切り上げて七時半に戻ると、岩泉駅の扉は開いていた。

盛岡までの切符を買いがてら、窓口の体格のいい老人に、なぜ岩泉線が存続しているのかを尋ねると、町長の政治力のせいだろう、と答えた。要するに重なる陳情が成功してきたというのだが、それだけか。時刻表を何度眺めても、この線の意味はわかりにくい。

七十歳くらいに見えたが、この秋八十一歳になったという遠藤信夫さんの体格のよさは、昔ボクシングをしていたからだ。終戦後、ピストン堀口とおなじジムにいた青年が帰郷して、岩泉にひろめたのである。かつては二〇キロ近く少ないウェルター級だった。

一九四八年（昭和二十三）から国鉄バスの仕事をしてきた。七二年に岩泉線が全通すると、町から派遣されるかたちで駅担当になった。国鉄職員と三人で働いたが、八七年にJR東日本になったのちは、ひとりですべての駅務をとりしきってきた。

朝出勤して一番列車の到着と発車に立ちあい、九時に一度家へ帰る。十一時に再度出勤。昼は運行のない路線だが、全国からの問いあわせに対応する。夕方から夜にかけて二本の列車がある。一九時三三分発の最終を見送って、その日の業務を終える。

健康なのは、一年中ダイヤを気にして規則正しい生活を送っているためだという。が、もう年齢も年齢だ。来年で辞めたい。遠藤さんが身を引くときが岩泉線の転換点になるかも知れない。それでなくとも乗客は減少の一途をたどり、二十年前の約四割にすぎない。

定刻七時五三分着の一番列車は、二十二分遅れて岩泉駅に着いた。

この季節の遅れは、線路上の枯葉が車輌をスリップさせがちだからだ。一輛だとよけいスリップしやすいので、わざわざ二輛編成にする。それでも滑る。一番列車は、前夜以来のあらたな落葉のため、毎日十分前後は遅れる。

遅れたのですぐに折返す列車に乗ったのは、地元のおばあさんとリュックを背負った鉄道好きらしい青年と私の三人だけだった。

色白でぽっちゃり、靴をずるずる引きずって歩く癖のせいで、靴の裏をひどく片減りさせた青年は、小本発のバスに乗っていなかった。とすると定刻ぎりぎりに着く二番バスできたか、岩泉の旅館に泊ったかである。人のことはいえないが、たいへんな情熱だ。

いや、もうふたり乗客がいた。大きなカメラを手に乗ってきた若いふたり組が、運転手といっしょに先頭にかわる車輛に移った。彼らは宮古発六時三五分の山田線に乗ったのだろう。茂市で、ただ往復するために岩泉線に乗換えた。車輛を移った彼らは、すぐに窓を押上げた。

車輛の窓が開く旧型のディーゼルカー、キハ52は五十年間働き、二〇〇七年（平成十九）十一月二十四日で引退する。それを惜しむファンなのだな、と気づいた。

全山紅葉の山峡を走るディーゼルカーのあとを、枯葉が小さな旋風にあったように舞いながら追いかけてくる。

茂市駅のホームにも、ひとりだけだが旧型車輌の写真を撮りたい鉄道ファンが待っていた。中年男の彼が、どうやってこの時間に茂市へきたのかは、わからない。

私と片減り靴のぽっちゃり青年だけが、山田線盛岡行、快速「リアス」に乗換えた。車中で、前日、釜石から宮古までいっしょだった鉄道好きの初老のおじさんを見かけた。山田風太郎によく似たおじさんは、各駅のホーム上に立つ駅名表示板の写真を撮ることにこだわりがある。彼は盛岡までの車中から、やっぱり駅名表示板を撮りつづけ、盛岡駅では、自分と表示板を入れこんだ撮影を、地元の女の子に頼みこんでいた。

北上まで行き、昼食を済ませてから北上線横手行に乗った。すると今度は、あの片減り靴の青年が乗っていた。なんとなく恥ずかしく思い、少し離れた席に移った。

その後、岩泉線は、二〇一〇年七月の土砂崩れによる脱線事故のため運行は停止、二〇一四年四月に廃線となった。

一九五八年（昭和三十三）だから、ざっと五十年前のことだ。冬至に近いある日、満五十四歳の幸田文は汽車に乗りに出掛けた。

それはルポルタージュを書くための体験旅行で、彼女は特急「こだま」の運転台に同乗するのだが、田町電車区から東京駅への入線にもつきあう本格的なものだった。その年十一月一日に走りはじめた八輛編成の電車特急第2「こだま」神戸行は、「三十秒延《えん》（遅れ）」で東京駅を発車した。

戦前、一九三四年（昭和九）十二月、丹那トンネル開通によって運行開始した「つばめ」は、沼津で電機を蒸機にすばやく付換え、大阪まで八時間ちょうどで走った。特急が復活した四九年の「へいわ」は九時間かかった。五六年十一月、東海道線全線電化がなり、「つばめ」「はと」は大阪まで七時間半で達して、ようやく戦前の水準を凌駕した。

この年、五八年にはもう一段の飛躍があった。電車のみの編成「こだま」が新たな駆動方式の開発で、「つばめ」の機関車EF58に近い力を発揮できるようになった。しかるに重量は「つばめ」の編成の半分以下だから、最高速度を従来の九五キロから一一〇キロに上げ、大阪まで六時間五十分を実現した。

国鉄は、「大阪まで日帰りビジネスが可能」と謳《うた》った。だから「ビジネス特急」と称したのである。だが、朝七時発の第1「こだま」は大阪着一三時五〇分、帰りは一六時発の第2「こだま」で東京着二二時五〇分、大阪滞在できるのは二時間程度にすぎないから、羊頭狗肉ともいえた。

しかし幸田文は書いた。

「こだま号は（昭和）三十三年のうれしい収穫だった。速くて、安全で、乗心地よくて、美しかったから、みんなに気に入られて、東海道線の新しい花形である」（「ルポルタージュ男」のうち「確認する」幸田文、「婦人公論」一九五九年二月号、原文は旧カナ）

日本がようやくその技術革新によって、高度経済成長の軌道に乗りかけていた時期だった。まさに昭和は明るかったのである。実際、「こだま」の人気は想像以上だった。

「沿線に子供がたくさん待ち迎えている。素朴なよろこびで進歩を迎える童心である。かわいいし、迎えられて嬉しい。だが、なんとはらはらさせられることか。うわっと飛び出して来そうに見えるのだ」

「こだま」は、「つばめ」や「はと」と違って名古屋まで停車しない。しかし運転士と運転助士の交替はする。静岡を通過した直後、安倍川鉄橋上で行なわれるというそれをぜひ見たいものだ、と幸田文は思っていた。鉄橋の手前で、横浜駅から乗りこんでいた大垣機関区のふたりが運転室に姿を現わした。彼らは白い手袋の手をちょっとあげて、「や」「や」といいかわした。それだけだった。

「なんのことはない、ひょっと起つのとつるっと腰かけるのとで、なんでもなく列車は進行しつつ人間が替ってしまった」

鉄橋上の交替といえば劇的だが、比較的長い直線だから選ばれたのだと聞いて、やはり「くろうと」だ、「もっぱら実際に立脚した確実の上にいる」と書くあたりが、いかにも幸田文である。

東京駅から四時間二十八分、「こだま」は名古屋に着いた。幸田文はそこで下車し、名古屋に泊った。翌日の朝は、大阪行の準急に乗って米原まで行き、そこから敦賀を経て福井へ行った。

なぜそんなコースをとったか。いろいろな機関車の運転が見学できるからである。米原までは直流の電機、米原から琵琶湖岸長浜駅の手前、田村駅までのふた駅間は蒸機牽引だった。田村以北敦賀までは交流電化工事を終えたのだが、国鉄はまだ交直両用電機を開発していなかったのである。そして敦賀より先は、北陸トンネル開通以前だから、スイッチバック二回を含む急勾配のトンネルの連続を蒸機で走った。

国鉄が幸田文に親切であったのは、鉄道好きで聞こえた内田百閒が前年春の飼い猫失踪以来老耄《ろうもう》して頼み甲斐がなくなっていたからだろう。

国鉄に借りた菜っ葉服、手拭を首に巻いた幸田文は、蒸機の運転台の進行方向右側、助手席に腰を掛けたが、トンネル内部では、煙と水蒸気で前方の視界はなきにひとしい。顔に石炭がらが当たる。機関助士が投炭のために鑵《かま》の扉をひらくたび、左頬がかっと燃える。「よごれて働いている男らしさ、――いえ、らしさでなくて男そのものの好もしさだ。シャベルは光る。ざっと炭はしゃくわれ、くべられる。汽車も揺れ人も揺れるが、シャベルは平安に使われている」「いいもんだ、男の利目《とめ》というものは。きつくて、はっきりしていて頼もしいものだ」

幸田文は、機関車そのものに美を見なかった。働く男たちの合理的な動きにそれを見た。露伴直伝の家事仕事の達人の視線であろう。そして、そこに「色っぽさ」を感じとったのは、男の鉄道マニア「鉄ちゃん」ではなく、あくまでも「鉄子」のセンスであった。

南福井機関区に着いて、昔より石炭がよくなったせいか、煙は想像していたよりましだったと機関士に述懐した。すると相手は、御婦人が乗られたので炭をへらし、重油の方をよけいたいてトンネル内を早く通過するようにしたのだ、といった。

「男は女を庇《かば》ってくれる！」と幸田文は感動した。そして、それこそが「男の本念だと、私は信じる」と書いて、同乗記の稿を閉じた。

都電の行く町

都電荒川車庫の奥があんなに深いとは思わなかった。本線の上下両方向から引込線で入る車庫は、都電の車窓から眺めている限り、七、八輛、せいぜい十輛くらいしか格納できなさそうだった。左右両側から営業所の建物が門のように迫っていて、間口がいかにも狭いからだ。

車窓から見たといっても、実は最近のことだ。三ノ輪橋から早稲田まで全線一二キロ、二〇〇四年（平成十六）にはじめて乗った。十年も都電早稲田駅前に住んでいたというのに。

もっとも都電には駅前という感覚がない。停留所である。終点早稲田の真ん前にあった「ブック・オフ」さえ業績不振で閉店するくらい人通りが少なかった。

都電をまったく使わなかったわけではない。池袋へ行くとき東池袋四丁目まで乗った。東池袋四丁目は地下鉄有楽町線東池袋との接続駅だが池袋まではひと駅、たいていは歩いた。

私は都電の車窓風景が好きだった。学習院下をすぎると目白の高台の崖下になる。立派に石積みされた壁を見ながら、千登世橋《ちとせばし》の下をくぐる。鬼子母神前《きしぼじんまえ》、雑司ヶ谷《ぞうしがや》あたりの駅は民家に接していて、まるで人の家の裏庭から乗降するようだ。昭和三十年代のにおいがする。路面軌道部分が少なく、九〇パーセントが専用軌道だったから生き残ったのだとよくわかる。

しかし、東池袋四丁目から先がどうなっているのか知らなかった。

昔、大阪の女友だちが訪ねてきたことがあった。彼女は市街電車が好きだといって、早稲田駅から三ノ輪橋まで半日かけてひとりで往復してきた。途中、いくつかの駅で降りてみたそうだ。

東京もいろいろねえ、全然イメージと違うわあ、と彼女はいった。荒川車庫前という駅があるんやけどね、車庫ゆうてもかわいらしもんやったわ。

ふんふん、アラカワシャコねえ、と聞きながらも、私はうわの空だった。電車好きとしてはうかつだったし、そんなうかつさが原因で、やがて彼女とは疎遠になってしまったのでもある。

ある日、思い立って乗りに行った。地下鉄日比谷線でまず遠い方の三ノ輪へ行き、都電の始発駅を探した。迷うほどではないが、わかりにくい。

常磐線のガードをくぐって、商店街の入口に目立たぬようにそれはあった。商店街のお

もむきもどこか古風だ。何軒も「履物屋」がある。「町内」に根をおろした喫茶店がある。商店街から入る横町には「文化住宅」が軒をつらねている。やはり昭和三十年代の面影が濃い。

電車は意外と思われるほど混んでいた。始終、人が乗り降りする。地下鉄千代田線、京成線と交差する町屋駅前でどっと降り、ぱらぱらと乗る。ここは三ノ輪橋商店街と一転して、現代を適度に雑駁《ざっぱく》に生きている感じがする。

町屋駅前は国道の踏切に隣接している。この信号がなかなか青にかわらず、電車はすぐには出発できない。その間にも、おばあさんが買物カートをうしろ手に転がしながら、ホームにつづくスロープをゆっくり登ってくる。電車の運転士は一度閉じた扉を開き、彼女が乗りこむまで待つ。

東京市街の北部には東西方向を結ぶ鉄道がほとんどない。都電荒川線はささやかにその流れにさからう。半円環状に東京北部を横断する、その路線のありかたが荒川線の価値なのだ。

もうひとつは老人サービスだろう。都電の沿線の老人人口比率が格別高いとも思われないが、乗客の比率では明らかに高い。低いプラットホーム、そこにつづくスロープ、そして段差のないステップなどが安心を買っているのだと思う。地下鉄の轟音とスピード、複雑な階段は老人に恐怖と疲労感をもたらすが、荒川線にはそれがない。のどかな印象がある。

宮ノ前でも降りてみた。ここは遠い昔、尾久三業地の名で知られた花街だった。三業地とは芸者置屋、料理屋、待合の三業種をいう。待合では芸者は呼べるが料理は出さない。料理屋からとる決まりで、相互依存しつつひとつの町をつくった。しかしいまはその片鱗も見えない。女子医大第二病院の城下町の観がある。

一九一四年（大正三）にお寺が井戸を掘ったら鉱泉が出た。温度は低いがラジウム含有で傷治療によいとされた。それがきっかけで三業地に発展した。その「尾久の待合」は一九三六年（昭和十一）の阿部定事件で知られる。

年増だが色っぽい仲居の阿部定は、勤め先である中野新井薬師の小料理屋主人石田吉蔵と惚れあった。

石田の妻の目を盗んでふたりは店を出、渋谷と多摩川の待合に一週間流連《いつづけ》した。持金が尽きると彼女は名古屋まで日帰りで金を借りに出掛けたりもした。相手は昔の男である。最後にふたりが行った場所が尾久の待合「満佐喜《まさき》」で、出たり入ったりしながら二週間ほども流連した。

同年五月十九日、首を締められ、局部を切りとられた石田の死体が見つかった。逮捕されたとき彼女は、石田から切りとったものを大切に持っていた。そして、愛着するあまりの行為だったと語った。

事件は後世に語りつがれたが、なぜ尾久のような「場末」で、と戦後育ちは不審に思いつづけた。荒川線（王子電車）は、新興ながら有名な花街のただなかを通っていたのだとわかったが、いまは「満佐喜」のあった正確な場所さえ特定できない。昭和は日々に遠ざかる。

ついでに尾久へ行ってみることにした。歩いても行けるのだが、タクシーに乗った。目あては尾久・田端車輛区である。

「尾久駅前」というリクエストに運転手は首をかしげた。それでも連れて行ってくれたが、なるほど地味な駅である。京浜東北線もここには停まらない。平行している上中里駅の方に停まる。尾久駅は高崎線と宇都宮線の普通電車では上野のつぎの停車駅になる。

なぜこんなところに駅をつくったか。

駅名は尾久でも旧尾久町にあるわけではない。旧滝野川町にあった。つまり荒川区ではなく北区にある尾久駅は、東京二十三区内でもっとも地味な印象のJR駅である。尾久から通っているという人を聞いたことがない。それでも、私が駅前に立っていたとき、おばさんがひとり改札口を通って行ったから、乗る人はいるのだ。

尾久は「おぐ」か「おく」か。私は「おぐ」といいならわしてきたが、駅名表示には「おく」とある。駅前の小さな広場状のスペースの左側に「ＯＫＵ」という文字にかたどった建築の公衆トイレがある。なんだか報われない工夫という気がする。

しかし交通信号の標識「尾久駅前」にはアルファベットで「OGU STA.」とある。だいたい、駅前から無数の線路の下をくぐる地下道の案内「JR田端・尾久操車場」にも「JR Tabata Ogu Switching Yard」とあるじゃないか。私が免許をとった東小金井の尾久自動車学校は、その昔尾久にあった。やっぱり「おぐ」と読んだ。

地下道はおそろしく長い。外国なら犯罪の巣窟となりかねないが、やはり日本はまだ安全だと、この長くて薄暗い地下道を歩きながら思った。抜ければ尾久操車場から田端操車場へつなぐ線路沿いの道に出る。広大な敷地が「国鉄王国」という言葉を思い出させる。

事情通に尋ねると尾久操車場は、もとは関東大震災後に設置された貝塚操車場だそうだ。

尾久駅ができたのは一九二九年(昭和四)、隣接する田端操車場が貨物扱い用、尾久操車場が旅客列車用と分けられた。現在は田端が東北新幹線の車輛基地、尾久が在来線の機関車と客車の基地になっている。東京でいちばん多く電気機関車を見られるのが、ここだ。

国鉄全盛期を思わせる光景に、得した気分で歩いていると、やがて田端駅に出る。

田端は台地の下にある駅だ。駅前から見上げるばかりの高台に階段がつづいている。若い女性がふたりがかりでショッピングカートを運び上げている。楽ではなさそうだが、実は通りすがりの彼女たちは、地元の品のいい老女のために手を貸しているのだった。田端近辺は都電荒川線と違って、老人にはやさしくないつくりになっている。


宮ノ前から王子方向へ、三つ目の駅が荒川車庫前である。荒川車庫は戦前には船方《ふなかた》車庫といい、駅名は船方前だった。

荒川線は一九一一年(明治四十四)に大塚—飛鳥山上間が開通した王子電気軌道(通称王子電車)から出発した。当時は市街電車というより郊外電車で、一九一三年に三ノ輪から飛鳥山下まで、二五年には三ノ輪から王子、王子から大塚が開通して基本構造ができた。

飛鳥山下は現在の王子駅前のひとつ手前、栄町である。飛鳥山上はいまの飛鳥山だ。王子駅前で路線が分断されていたのは、国鉄東北線を横断できなかったためだ。

王子駅をひとめぐりするような急カーブと、専用軌道から一時ほんとうの路面電車となって坂道を滝野川一丁目まで登るあたりが荒川線の味わいだが、これが連絡したのは国鉄が高架になった一九二八年（昭和三）である。大塚駅で山手線下をくぐる高架が完成し、やはり急カーブで早稲田方面へ向かう線と結んだのも、おなじ年のことだ。

荒川車庫のいちばん奥にトラバーサー・ピットがある。電車の横移動施設である。電車を載せたレールが、その部分だけ横に動いて別のレールに接続する。SL用のターンテーブルの横断版というべきか。これならポイントが不要だから作業はたやすく、車庫の奥行も浅くて済む。

そうか、そうだったか、と電車好きには、こんな「発見」がとても嬉しいのである。一九八二年（昭和五十七）に荒川車庫が改築される以前は、トラバーサーで移動できる線路が25番線まであった。いまは16番線までだ。

王子電車は戦時中一九四二年（昭和十七）に東京市電の一線となった。

一九〇三年（明治三十六）にはじめて敷かれ、以来網の目のごとく東京市中に線路を延ばした東京の市街電車は、最高で電車千百七十二輛、総延長三五二キロに達した。しかしやがて自動車に邪魔され、地下鉄に地位を奪われて、一九六七年から全面廃止へと向かうことになった。

当然、三ノ輪橋―早稲田の27系統、荒川車庫―早稲田の32系統も廃止対象だったが、一九七四年、荒川線に統合されてここだけ生き残ることに決まった。

いま荒川車庫には、クリーム色に赤帯という懐かしい塗装の電車が眠っている。一九五七年、自動車の速度に対抗するために開発されたPCCカー（5500形）という高性能路面電車である。七輛しかつくられなかったのは、結局勝てなかったということだ。

あらかわ遊園には、形式はそれより新しいが、グリーンの地に窓まわりがクローム・イエローの6100形が展示されている。

こちらの集電装置はパンタグラフではない。巨大ふとん叩きみたいなビューゲルで、終点に着くと方向をかえなくてはならなかった。飛鳥山の高台にも一台ある。こちらは6000形だ。

飛鳥山へ行った日は雪だった。都電と雪はよく似合う。王子駅前の坂道が終って再び専用軌道となった滝野川一丁目から乗直し、新庚申塚《しんこうしんづか》で降りた。

昔、ここに明治女学校があった。島崎藤村をはじめとして、教師が全員生徒と恋愛したような伝説の女学校だ。

樋口一葉は、この学校の卒業生の友人から制服を借り、記念写真を撮ったことがある。彼女の生涯に足りなかったものは、お金と女学生生活だった。

一八九六年（明治二十九）、それまで番町にあった校舎が火事で焼け、明治女学校はこの地に移った。野上弥生子はここで学んだ。しかし当時の西巣鴨では田舎にすぎたのだろう。

経営難から一九〇八年に廃校になった。九十九歳十一か月で亡くなった野上弥生子の最後の小説『森』の舞台は、この学校である。いま新庚申塚は、老人の聖地、とげぬき地蔵とその商店街に近い駅である。

王子駅前でもそうだが、他線との連絡駅に着くと、ひと仕事終えた気分になる。大塚駅前で乗客はあらかた降りてしまった。早稲田まで行くつもりでいたが、終点から東西線早稲田までは多少距離がある。それに西早稲田のマンションの前を通るとつらい記憶がよみがえりそうだ。降ります降りますと、私も降りた。急ぎ足だったので、雪に滑って転びそうになった。都電荒川線であたふたしてはいけない、まるで似合わない、と反省した。

老文士の「のんびり時間旅行」

獅子文六（岩田豊雄）が都電に乗ってみようと思い立ったのは一九六六年（昭和四十一）、七十三歳となる年であった。

彼が「ちんちん電車」として長くなじんだ市街電車（のちの都電）が東京を走りはじめたのは一九〇三年（明治三十六）だから、その当時ですでに六十余年の昔であった。十歳、慶応幼稚舎の寄宿生であった獅子文六は開業以来の客で、横浜の実家に帰るときには札の辻から品川まで「ちんちん電車」、品川で汽車に乗換えた。

鉄道馬車と違って前に馬がいない、それが最初の驚きであった。ポールと架線の間に散る青い火花を美しいと思い、明治東京の暗い街区を照らして走り去る電車を、まるで「光の籠」のようだと感じた獅子文六は、江戸の香りをとどめた東京を知る人であった。

しかし東京はすでに、関東大震災と大空襲、二度の大災厄に遭遇してかつての面影を失っている。そのうえこの一九六〇年代なかば、東京は三度目の大変貌のさなかにあった。それは高度経済成長がもたらした荒々しい「建設的破壊」の大波であった。

「ちんちん電車」は早くも明治四十年代に急激に生育した。それ以前は東京の果てで、やたら牧場の多い土地であった豊多摩郡渋谷村や、ツツジの花盛りを市民が見物に行く名所にすぎなかった大久保村を、新興階層である勤め人たちが住む町に電車はたちまちかえた。独歩のえがいた『武蔵野』は、わずか五年かそこらで漱石の『三四郎』や『門』の主人公たちが暮らす郊外住宅地になりかわったのである。

大正から昭和にかけても「ちんちん電車」は路線を延ばしつづけた。東京の無数の坂を登りくだって下町と山手を結びつけ、また東京の無数の川や掘割を渡って旧市街と江東一帯を連絡した。電車は東京の血液を運ぶ頼もしい血管であった。戦争中に王子電車など私営郊外電車を合併した結果、電車千百七十二輛が旧市街を中心に東京全域を網の目のように結んだ。戦後、一九五〇年代までがその全盛期であった。

〈都電に乗る客に、金や権力をカサにきた、不愉快な人物はいない。また、ヨタモンのような者も不思議と、都電に乗らない〉

そう獅子文六が書いているのは、六〇年代になってからの風景である。

〈ヒマな線には、よく、五十がらみの車掌が乗ってるが、勤続三十年近い連中であって、態度挙止がひどく落ちついている。

「ご面倒ですが、乗車券を……」

と、車内に入ってくる様子が、悠揚として、どこかに不正乗客はいないかと、眼を光ら

す国電車掌と、およそ縁遠い〉

狮子文六が都電を好ましく思うのは、近代都市のおだやかな成熟を見るからである。また、そこに戦前のにおいを嗅ぎとるからである。

獅子文六のみならず、都会育ちのオトナや老人たちはみな戦前を懐かしがった。戦前を「暗黒時代」と教えつけられた戦後生まれには信じられないことだったが、戦前を生きた市民たちにとって、それはよい時代にほかならなかった。

しかし高度成長は東京の姿を一新させ、同時に破壊し去った。川と掘割の空を塞《ふさ》いで高速道路は走り、水の街、橋の街の東京を過去のものとした。掘割の一部は、無残に埋めてられたり暗渠におとしめられたりした。水は腐った。都電に乗っても幼い頃からの癖で、電車が渡る橋をしみじみと眺めずにはいられない獅子文六の心は曇った。

あふれかえる自動車に路面電車は邪魔にされた。渋滞は電車の運行を妨げた。そしてついに、一九六七年（昭和四十二）から都電は全面廃止へ向かうと決まった。惜しむべきではあるが、東京の現況から察するに避けがたいことだとも思われた。

獅子文六は横浜の士族あがりの生糸貿易商の長男だった。父が豊前中津藩出身だったので、豊雄と名づけられた。郷里の先輩福沢諭吉の門下であった父は、息子を慶応義塾に学ばせた。都電に乗った獅子文六は、日本橋界隈でしきりに同級生たちを回想するのだが、その頃の慶応は、山手の学習院、地方豪農の子弟らが集った早稲田に対して、下町の中どころ以上の商店主の息子たちが通う学校だった。

しかし「ちんちん電車」が東京を走りはじめる前年、彼は父をなくした。普通部二回目の三年生となった十五歳のときには岩田商店は廃業した。十七歳で理財科予科に進んだがなじめず、文科に転じた。しかし当時の文科教授永井荷風に反発して学校から遠ざかり、放蕩、文学、絵画の間を揺れる十年間をすごした。

一九二二年（大正十一）、母の死にあい、また商大を出た弟が就職したのを機に、父の遺産を蕩尽しようともくろんでフランスへ渡った。関東大震災の前年であった。当地では演劇を学び、三年後にフランス人の妻をともなって帰朝した。娘が生まれたが、やがて妻は心身を病んだ。夫が同行して帰国させた二年後、彼女は死んだ。

男手だけで病気がちな娘を三歳から育てなければならなかった彼の苦労は、並たいていではなかった。生活が小康を見たのは、三十九歳で明治大学文芸科講師となり、四十三歳で娘をモデルとした『悦ちゃん』を報知新聞に連載した頃からである。

以後、獅子文六は新聞小説と婦人雑誌の王者と呼ばれるようになった。戦中には、本名の岩田豊雄名義で『海軍』を朝日新聞に連載して好評を博した。『海軍』は好戦小説ではなかった。「海軍という文化」に対する深い愛着を主題とする作品だった。

戦後も新聞小説に君臨しつづけ、『てんやわんや』『自由学校』などヒット作を書いた。一九五〇年（昭和二十五）、後妻を突然喪った獅子文六は一時自失したが、翌年五十七歳で再々婚、六十歳で長男を得た。再々婚は娘、かつての「悦ちゃん」が二十五歳で外交官に嫁《か》すのにひと月先んじ、長男誕生は初孫より九か月早かった。

七十二歳、老いを実感した獅子文六が「ちんちん電車」廃止の噂を聞きつけて、乗ってみようと思いたったのは自然なことである。しかし、それがほとんど品川―須田町―上野の1号系統と須田町―浅草―寺島の30系統、せいぜい上野池之端を走る40系統に限られ、もっぱらすぎた時代への郷愁と、青年期までに経験した外食の味の追懐に終始しがちだったのもまた自然ななりゆきであった。

獅子文六の都電による東京散歩は、過去への旅であった。懐かしい東京、愛すべき戦前への時間旅行であった。

『ちんちん電車』刊行の三年後、獅子文六は七十六歳で世を去った。さらに五年後の一九七四年（昭和四十九）、都電は三ノ輪橋―早稲田の27系統、荒川車庫―早稲田の32系統を統合した荒川線以外、すべて姿を消した。荒川線が残ったのは、長い専用軌道を持ち、路面走行部分が少なかったからである。しかしいまも生き残る荒川線は、もともと王子電車として出発したものであったから、生粋の「ちんちん電車」はもはや東京には存在しないのである。

Ⅳ

関東平野ひとめぐり

ローカル線で、関東平野を一周してみようと思いたった。JRを主体に、一部で私鉄に乗り、できるだけ大きくめぐる。

JR山手線や中央線の車内、ドアの上あたりに東京近郊路線図が貼ってある。そのいちばん外側のラインに従って周回したいということだ。ただし鹿島臨海鉄道と鹿島鉄道（関東鉄道）にはかねがね乗ってみたかったので、その分だけ地図の外にはみ出すけれども、それらもたしかに関東平野のうちにある。

べつにルールと決めたわけではないが、日が暮れたら乗らない。外が見えないとおもしろくないからだ。

朝は五時に起きた。六時少し前には家を出た。東京駅地下ホーム七時〇九分発の成田空港行快速に乗った。これで成田まで行けば、鹿島線鹿島神宮行にうまく連絡する。

東京駅で成田空港行快速を待つ間に、成田エクスプレスが先発した。席はあらかた埋まっている。一方、成田空港行快速で空港へ向かうらしい客は、私の乗った車輛では三人だけだった。いずれも若い女性でロングシートのいちばん隅にすわり、スーツケースをドア脇に置いている。やがて通勤通学客で混雑気味となる車内で、さして気がねなしに大荷物を置ける場所はそこしかない。

早起きのせいか、市川でふっと眠った。目が覚めたのは四街道《よつかいどう》だった。高校生たちがどっと降りる気配で起こされたのである。

突然車内がすいた。通勤客はまだ残っているが、都会の朝の空気がイナカの朝にかわっている。驚いたのは、ケータイの画面を眺めている人がほとんどいないことだった。私のいたロングシートの座席とその周辺、合計四列にはきちんと七人ずつすわっていたが、そのうちケータイを手にしているのはひとりだけだった。いまではかえって見慣れぬ風景である。新鮮でもある。

二、三人が新聞を読み、若い女性のひとりが「ビッグコミック」を読んでいる。私の真ん前、三十がらみの女性は歯科麻酔のテキストを読んでいる。あとはたいてい居眠りである。緊張感がないなどと咎めることはない。他者を警戒せず、安心して電車のなかで眠れる社会は、世界的視野ではなかなか得がたいのである。

周囲は緑ばかりになった。ああ関東平野だなと思う。ああ夏の風景だなと思う。

成田駅ではいったん外に出た。駅構内でしゃがみこんでいる男女の高校生をちらっと見物してから、「ミスタードーナツ」で軽い朝食をとった。とにかくコーヒーが飲みたかっ

た。

関東平野は意外にでこぼこしているというのが、鹿島線に乗っての感想である。山や谷があるわけではない。おまんじゅうやおはぎのような小さな凸部がいたるところにあって、みなしたたるような緑だ。線路はそれらに寄り添って、あるいは切り通して敷かれている。できるだけ水田を侵食しないよう配慮したのだろう。

千葉から成田までは六輌編成だった。成田で後部四輌を切り離して、いまは二輌の、いかにもローカル列車になりかわった。小川のほとりに三脚を立てた人が見えた。私の乗る電車を彼は撮っている。鉄道写真マニアなのだろう。タイトルは「緑のなかをゆったりと行く鹿島線」とか？　その実、電車は時速七〇キロ以上で快走しているのである。

それにしても、車内吊り広告の多くが大学の宣伝という実情には驚いた。香取駅であらかたの客が降り、私の車輛は三人だけになったので、車内を歩いて確かめてみた。あるある。平成帝京大、淑徳大、江戸川大、千葉工大、明海大、城西国際大、千葉経大、千葉商大、東京聖栄大、和洋女子大、これだけあった。みな沿線または地元の大学なのだろう。どれも「オープン・キャンパス」を謳っている。最近は東京の車中でもよく見るが、その三倍はある。大学は過当競争で、いまや危ない産業である。

そうこうするうち、視界の多くを水が占めるようになり、電車は何度か長い鉄橋を渡った。利根川や横利根川、つまり水郷である。

JR鹿島線の終点、鹿島臨海鉄道に乗継ぐ鹿島神宮駅は閑散としていた。待合室のプラスチックの椅子に数えて八人。キオスクがあって、おばさんがいる。何か買わないと申し訳ない気になり、水を買った。駅前を見物したが、なんにもない。Jリーグ鹿島アントラーズの試合のある日にはバスが出る。その臨時時刻表が誰もいないバス停で風に揺れていた。

鹿島神宮駅の壁には「大人の休日倶楽部」会員募集中のポスターが貼ってある。JR東日本の「大人の休日倶楽部」のカードを手に入れると、「五十歳以上のあなた」は五パーセント割引、「男性六十五歳以上、女性六十歳以上のあなた」は三〇パーセント割引になる。カードを掲げ持つ人は吉永小百合である。

一九六〇年代前半に戦後民主主義を体現し、九〇年代以降は美貌の中年女性の役をつとめてきた彼女も、ついに三〇パーセント割引組となったかと感慨をもよおす。この人だけは老けまいと思っていたのだが、写真にはたしかに「初老」のかげがある。時は、『キューポラのある街』の石黒ジュンにも、「夢千代」にも厚く積もった。

四十分ほどのち、鹿島臨海鉄道水戸行はJRとの共用ホームから出た。一九七〇年代の地図帳では、鹿島臨海鉄道は鹿島神宮駅から南へ、内陸深く掘られた鹿島港をひとめぐりするように走っていた。その線は時刻表地図に、もはやない。かわりに反対側の北方へずっと延びて、新鉾田、大洗を経て水戸に至っている。こういう線には乗ってみたくなる。

鹿島神宮駅を出発しても、ずっとJRの側線がつづく。それが何本もある。そのうちの一線にJRの電機EF65が、日なたで休む太ったネコのように停車していた。間もなく巨大なドーム状の建造物が見えた。鹿島サッカースタジアムである。この駅もアントラーズの試合がある日のみの営業である。

なるほど、と私は思った。旧国鉄時代には鹿島の工場地帯の貨物列車はここから出発したのだ。いまもここまでのレールはJRのもので、鹿島サッカースタジアム駅はJR東日本の領域内になるから、営業するときは特別料金を設定するわけだ。わかってどうなるというものではないが、腑に落ちて気分がよかった。汽車好きとは雑知識を喜ぶのである。

それにしてもアントラーズのサポーターはすごい。こんな遠くまで応援にくる。

そこから先は晴れて鹿島臨海鉄道専用線である。新興住宅地の命名としてはちょっとどうかと思う「荒野台《こうやだい》」という駅がある。「長者ヶ浜潮騒はまなす公園前」といういやに長い名前の駅がある。やっぱり新興住宅地なのだが、人影は見えない。四十分ほどで「新鉾田」に着き、子連れの若いお母さんといっしょに降りた。残る乗客はおばあさんと高校生、六人だけだ。

新鉾田で鹿島鉄道に乗換えるのだが、鹿島鉄道の始発鉾田駅とは時刻表地図でも明らかに離れている。歩かなければならないということだが、なぜもう少しだけ線路を延長して連絡しなかったのかが不思議で、実際に乗換えを体験してみたかったのである。

新鉾田の改札口に立っていたおじいさんに切符を渡しながら、「あのー、鉾田駅は……」といいかけたら、間髪を入れず街路図のコピーをくれた。

「一・五キロくらいだねえ。ずっとまっすぐあっちの方へ歩いて行ってね、白石医院の角を右へ。あとはわかるようになっているから」

タクシーが二台客待ちをしていた。ほかにお客もいないので、乗らないと悪いような気になる。だが、やはりもらった街路図の、ピンクマーカーでしめされた道路をたどろうと思う。

殺風景な街道をしばらく「あっちの方」へ歩くと、ちゃんと白石医院は見つかった。けっこう大きな医院で、その先の角を右折した。もう一度、今度は頭上の案内表示に従って左折すると、そこが鉾田のメインストリートのようで、夏の日ざしを浴びたシャッター商店街だった。

その先に、鹿島鉄道鉾田駅はあった。未電化単線の終点である。折返して石岡に向かうディーゼルカーが一輛、ホームに入っている。が、運転士と客の姿はない。町も駅も平和だ。いいかえれば町も駅も超ローカルな印象で、線路を延長して鹿島臨海鉄道と連絡する必然性はまるで感じられない。

鉾田駅前にもタクシーが三台客待ちしているが、待合室にも人影はない。少し古びたトム・クルーズの映画のポスターと、もっと古びた過激派の手配写真、それから「土・日・祝日は一日フリーきっぷの日、こんなにオトク！　一一〇〇円」としるした鹿島鉄道の広告が、閉じられたままの「旅行案内窓口」の上に貼ってある。

改札口脇のパンフレット・ラックに挿しこんであったのは「第三回　みんなでカシノリ」と題されたチラシで、夏休みの一日、電車を借りきる企画である。集合はJR常磐線に隣接した鹿島鉄道始発駅石岡。石岡では機関区の見学と車輌の撮影。つぎに「カシノリ」の臨時列車に乗って一時間強、鉾田駅へ。鉾田では鉄道模型運転会、軌道自転車運転体験があり、鉾田駅名物たいやきを試食する。その後再び石岡へ戻って解散。「日本一歴史があるといわれているキハ６００系」に乗れると強調する。

「といわれている」と書くところに味がある。中学生以上三千円、小学生二千円。主催は関東レールファンCLUBで、所在地は東京の四谷とある。

　のどかすぎるこの駅にも立ち食いソバ屋が併設されていて、私はザルソバを食べ、そのまま氷らせたペットボトルの冷水を飲んだ。発車時間が近づいたので石岡まで千八十円の切符を買い、単行の気動車に乗りこんだ。お客は私を含めて四人だった。目の前の座席のおばあさんは、内田康夫の『平家伝説殺人事件』を読んでいた。発車するとショッピングカートにしまいこんだ本には「鉾田町立図書館」のシールが貼ってあった。おばあさんはふたつ目の駅で降りるとき、若い運転士に「どうもお世話さまでした」といった。彼女だけではない。まばらに乗り降りする年配のお客は、みなそのたびに挨拶するのである。

　上り下りの行違い可能なはじめての駅、榎本でカメラをかかえた青年が乗ってきた。きょろきょろ左右の車窓を眺めている。「鉄ちゃん」の撮影マニアだとわかった。機材は一流だが、惜しむらくは口がつねに半開きである。

　間もなく左手に湖が見えた。石岡の方に向けて切れこんだ霞ヶ浦の北側部分だ。霞ヶ浦とローカル私鉄のコンビネーションを狙いたいのだろうと私が察した「鉄ちゃん」は、湖にいちばん近い無人駅、桃浦で降りた。待合室の壁面の時刻表で確認している。まだ何回か乗降を繰返すつもりなのだろう。

石岡で乗継ぐJR常磐線の電車は待つほどもなく到着した。私は三つ目の友部まで常磐線で行く。そのあとは水戸線で小山へまわるつもりだ。

それにしても常磐線には驚いた。長い（十一輛！）。速い（時速八〇キロ！）。混んでいる（座席が七割がた埋まる！）。

成田を出てまだ四時間ほどにしかならないのだが、いわば昭和四十年代的ローカル色に染まりきっていた気分を、常磐線は強引に現代（昭和なら八十年代）に引戻した。友部からは笠間、岩瀬と筑波山の北側を通る。しかし、あいにくの雨もよいで山影は見えない。小山までの一時間あまり、走るほどに街っぽさが増す。新幹線の駅がある小山では、はじめて上京した小学生みたいに圧倒された。

小山からは両毛線で高崎まで行くのだが、その両毛線のホームは宇都宮線（東北本線）のホームに対して垂直に西へ向けて延びている。つまりターミナル型である。

普通、支線は幹線に並行してしばらく走り、それからゆるやかなカーブをえがいて分離していく。その分かれ際が心細くてなかなかいいのであるが、ターミナル型にはいわゆる「旅情」はない。もっとも、時刻表を検討して行程を「設計」し、風景と人を眺めていれば気が済む「鉄ちゃん」に、「旅情」などもとより不要ともいえる。

両毛線はローカル線というより近郊線である。下毛野《しもつけの》（縮約して下野《しもつけ》、略して野州）から上毛野《かみつけの》（縮約して上野《こうづけ》、略して上州）の古来人口稠密な地域、平野と山地の境目を走る。もともと利用度の高そうな線である。

早起きはさして苦ではないが、夜更かしがこたえる。前夜はめずらしく遅くまで起きていたせいで、ふと居眠りをした。

そして、やっぱり高校生に起こされた。栃木県は終り群馬県になったばかりの桐生で、どっと乗りこんできた。登下校の時間帯は全国のローカル線は高校生の集団でにぎわうが、両毛線はまた格別だ。

それにしても、と感心する。

制服といい、顔つきがうかがわせる知性といい、お行儀といい、学校ごとに千差万別である。寿司みたいに松竹梅の別がある。残酷なことだが仕方ない。これだけ若い人がいるのなら日本の将来は大丈夫、と無理に安心した方が精神の健康にはよい。

伊勢崎で電車はますます混む。高校生たちをかきわけながら、黄色い帽子の中年男女が車内をめぐってきた。補導員のネームプレートをつけ、ポケット・ティッシュをいっぱい詰めこんだビニール袋を手に、一個ずつ高校生にわたしている。高校生は消極的に受けとる。ティッシュに標語とか補導協会(?)の連絡先とかが印刷されているのだが、果たしてどんな効果が期待されているものか。ティッシュが欲しかった私などには見向きもせず、黄色い帽子の中年男女はそろって隣りの車輛に移動して行った。

高崎駅で私は高校生の大群とともにホームに吐き出され、流れに身をまかせて階段を登った。夕暮れが間近い。きょうはくたびれた。汽車旅のたのしみは、時刻表を精読して立てた各線の連絡計画をこなすたのしみだといえるのだが、普段は喜ばしいはずのそれが妙にこたえた。空はまだ明るいが、本日は高崎で打ち止めとした。ビジネスホテルに泊るのはいやだ。明日あらためて出直そう。

高崎駅在来線には、2番線と4番線が一本のホームである。なのに八高線用の3番ホームがない。案内どおりに階段を降りてきたのに、見当たらない。

2番と4番のホーム上に目立たぬ矢印を見つけた。ずっと南側、つまり東京方向へホーム上を歩けとある。

やがてホームが細くなった。ホームの4番線の片側が打ち欠かれて、半分になっている。そこに入線していた二輛編成のディーゼルカーが八高線高麗川《こまがわ》行だった。

発車しても私は、いちばん前、運転席のうしろに立って前を見つづけた。前方の風景を眺めるのはたのしいが、それだけではない。気にかかることがあった。

八高線は、ひとつ南の倉賀野駅まで高崎線と線路を共有している。それは上り線で、高崎駅近辺では数多く並んだ線路のいちばん左側を南へ向けて走ることになる。しかし八高線は西へ、すなわち右側へ分岐するのである。

右へ出るためには、一度左の側線に入ったのち、アンダーパスにしろオーバーパスにし

群馬県
桐生
栃木県
両毛線
伊勢崎
倉賀野
北藤岡
新町
高崎
小山
群馬藤岡
上越新幹線
高崎線
東北新幹線
茨城県
熊谷
寄居
久喜
小川町
秩父
埼玉県
東北本線
八高線
越生
高麗川
川越線
川越
大宮
武蔵野線
奥多摩
青梅線
東京都
拝島
新宿
八王子
東京
大月
中央本線
山梨県
橋本
横浜線
相模線
新横浜
神奈川県
厚木
横浜
東海道新幹線
静岡県
御殿場線
大船
東海道本線
茅ヶ崎
N
0
10km

ろ、長い距離をかけて傾斜を克服したのちに、非常にゆるやかなカーブをえがいて右に離脱するのが普通だ。どうでもいいことだが、八高線がどんなふうにして高崎線の上り線から分かれていくものか、興味津々だったのである。

倉賀野はとうにすぎた。なのに列車はいっこう側線に出ようとしない。えんえんと高崎線の上り線を走りつづけている。間違って高崎線の列車に乗ってしまったのか、と一瞬疑った。そんなはずはない。3番線の高麗川行であることはたしかめた。だいたい高崎線が二輛編成のディーゼルなどということは、あり得ない。

もうすぐ倉賀野のつぎの駅新町に着くと思われる頃、上下線の間に新しい第三線が右に突然生じた。私の乗った列車は、その第三線に入った。しかしまだ上り線を脱しただけで、さらに右側には下り線がある。どうするつもりかと気をもんでいたら、列車は第三線から下り線に乗り移った。

私はドキッとした。下り線を上り列車が走っている。何かの間違いではないかと思ったのは、高速道路での逆走に似ているからだった。

しかしいったん下り線に入った上り列車は、すぐに右側の木立ちの方へ向かう分岐線に入った。ここからが八高線のレールである。木立ちのとっかかりに北藤岡がある。さびしげな無人駅だ。

線路を二本渡り終えて列車が本来の自分のレールに到達したとき、私はひとりの乗客にすぎないことを忘れ、ひと仕事したような気分になった。大きく息をついて、あいている座席に腰をおろした。

群馬藤岡をすぎると山が近づく。ときに、丈低いとはいえ山と山の間を走る。関東平野の西の果てだな、と実感する。途中、寄居と小川町では東武東上線と連絡、越生《おごせ》では東武越生線と連絡する。東武線のホームもJRとおなじ地味さだが、それでも電化されているといくらか格上に見える。雲はきのうより低い。が、雨は降りそうで降らない。

終点高麗川に着いた。八高線はその命名のごとく高崎―八王子間なのだが、高麗川以南は事実上別線扱いである。というのは八王子までは電化区間で、おなじく電化された川越線とあわせて連続した一線のように運用されているからだ。ローカル線が高麗川以南は近郊線に格上げになった印象がある。

ほとんどの乗客が八王子行に乗継ぐ。やがて到着した川越発八王子行の列車はなんと六輛編成、それでもすでに乗っていた客と高麗川からの客とで、座席は八割がた埋まった。

私の向かい、七人掛けのロングシートには五人すわっていた。いちばん端はハンサムな十八、九の青年、その隣りは若い母親と四、五歳の女の子だった。

と、ふらふらと歩いてきた大柄な女高生が、母子の真ん前に立った。彼女を見上げた母子が、体を片寄せて席をあけた。ははあ、知りあいなのだな、と私は思った。ほかにスペースはいくらでもありそうなのに、その隙間に女高生が体をねじこむようにすわったからだ。

しかし違った。彼女はハンサムな男の子の方の知りあい(?)だった。太腿をかなり大胆に見せる制服スカートの女高生は、彼の方に半身になり、体を密着させた。肩に手をかけた。なのに彼はまったく反応しないのである。膝の上に置いたカバンから本をとり出し、読みはじめた。自分の顔をのぞきこみ、なにごとかささやきかける女高生を、青年は徹頭徹尾無視しつづけた。それは恐るべき意志の力だった。

いやならいやといえばいいものを、というのが常識的な感想だが、これまでにも積もるいきさつがあったのだろう。人生は複雑で、その複雑さが青年をとまどわせ、かたくなにもするのである。生きることはけっこう面倒だ。

ふた駅ほどで女高生は降りた。青年は最後の最後まで、彼女を一顧だにしなかった。女高生も席を立つと、今度はまったく未練を感じさせずに、「ナマ脚」を見せつつ跨線橋の階段を登って姿を消した。彼女の所業が愛着から発したものなのか、それともたんなるいやがらせなのか、私には結局わからなかった。

八王子に着くと、横浜線のホームへまわった。四つ目の橋本で降り、ひと休みするためにドトールへ入った。京王相模原線の始発駅でもある橋本の駅ビルの大きさとはなやかさに、めまいする思いだった。前日以来ひたったローカル色気分がまだ抜けない。ここでも、気分は昭和四十年代、現実は昭和八十年代のとまどいに、おどおどする。

橋本からは相模線で茅ヶ崎へ。

丹沢山地の裾野に沿って相模川の左岸を、しばしば上り下り列車の行違いを行ないながら淡々と南下した。なかなか味のある線である。私は、サッカーの練習帰りの小学生四人組が小田急線との乗換え駅、厚木で降りてようやくあいた運転席の脇に立って、ずっと前方を眺めた。

茅ヶ崎からは東海道本線である。編成の長さといい、速度といい、昨日以来の列車群とはケタ違いだとあらためて驚いた。なんとか対抗できるのは常磐線のみだろう。この列車がビルの密集する東戸塚や保土ヶ谷を黙殺して駆け抜けたときは、贅沢すぎると心から嘆じた。

川崎で降り、南武線のホームへ。そこから登戸へ。登戸で小田急線に乗換えて夏の日暮れ前に帰宅した。

かりに太陽が東京駅にあって直径二〇〇メートルくらいの大きさ、つまり東京ドーム程度だとしたなら、水星は池袋にあることになるそうだ。たしか新幹線の椅子の背に入っていた雑誌で読んだ。その場合、金星は川口、地球は南浦和、火星は柏、木星は宇都宮に位置する。

とすれば私の関東平野一周ローカル線の旅は、火星よりはずっと遠く、木星の手前、小惑星群あたりの軌道で太陽を周回したことになる。地味なコースと思われたのに意外におもしろかったのは、東京的太陽系を眺めるのに、距離感がちょうどよかったからだろうと思った。

鹿島鉄道（石岡―鉾田）は平成十九年（二〇〇七）四月、廃止された。

下関に見る近代日本の全盛期

まず関門海峡を船で渡ってみた。海路で町に入るとは得がたい体験である。といっても関門海峡は、もっとも短い場所で幅七〇〇メートル、海というより大河の河口のようだ。瀬戸内海そのものだって、ナイルやアマゾンやミシシッピ、それに長江の河口になじんだ人には、やはり大河に見えるかもしれない。

しかし、それこそ古代以来日本の最重要の海峡であったのだ。近世に北廻り航路が成立したのちはなおさらである。樺太以南、日本海側の産品はみな北廻り航路で運ばれ、関門海峡を経由して瀬戸内海に入った。下関は荷の中継地であり、最初に商品相場が立つ港町だった。

女性運転士が操船する渡船から見た下関は、美しい。小高い丘がつづく麓に、水に浮いているかのような街区が見える。やはり海峡育ちの都市なのだ。

下関は、終着駅として古くから鉄道好きにはなじんだ名前である。あこがれといってもい。おまけに私は「終着駅好き」「歴史好き」なのである。

明治三十四年は一九〇一年、すなわち二十世紀最初の年である。その年、西に延びる私鉄山陽鉄道が下関に達した。尾道まで建設されて以来十年の歳月を要したが、三井の大番頭にして福沢諭吉の甥、中上川《なかみがわ》彦次郎は鉄道敷設にあたってきびしい条件を課して、決して妥協しなかった。すなわち、線路は一〇パーミルまでの勾配（一〇〇〇メートルにつき一〇メートル以内の登りくだり）、カーブの半径は最小四〇〇メートルとした。

当時でも後年でも在来線は二五パーミルまで許し、半径三〇〇メートル以下の線も少なくなかった。山がちの日本では、線路は谷づたいに屈曲しながら山を登り、もうこれ以上は無理という地点から、ようやくトンネルを掘りはじめるのが普通であった。条件をきびしくすれば、列車の速度は増してもトンネルの数と長さは増す。工事費はかさむ。

それでも中上川が最後まで自説を曲げなかったから、山陽鉄道は九州鉄道はむろん、東海道線など官有鉄道と較べても遜色はないどころか、日本でもっとも速く、また乗心地のよい鉄道として知られた。実は中上川の強硬な主張は、瀬戸内海水運に対抗するためになされた。鉄道の競争相手は安全な内海航路の船であった。

夏目漱石は明治二十八年（一八九五）夏、松山尋常中学に教師として赴任した。そのときは新橋から神戸まで汽車に乗り、あとは船を使った。翌年、熊本の第五高等学校へ赴任したときは、やはり船で広島を経由して門司へ行き、そこから九州鉄道に乗った。明治三十三年夏、英国留学を命ぜられた漱石は、上京に際して門司までは汽車で行った。鉄道はすでに三田尻まできていたが、船便が不便なので徳山まで乗船した。徳山からは山陽鉄道である。

漱石の小説『三四郎』の主人公、五高を卒業した小川三四郎は、大学入学のために明治四十年晩夏に福岡県行橋《ゆくはし》から上京した。学校は九月にはじまる。彼は門司から連絡船で下関に渡り、下関から東京行の汽車に乗った。

前年、すでに山陽線は官有化されている。下関は山陽本線の終着駅であり、日露戦争が終った前々年には関釜連絡船の出航地となっている。大陸との連絡地の地位を敦賀（福井県）から奪った下関は、以来、交通の要地として繁栄への道をたどった。

当時、列車の発車は「振鈴《しんれい》」で知らせた。下関駅の名物である。あえて遠くまで聞こえるように大きな音を響かせ、近所から苦情が出るほどだった。平成十八年（二〇〇六）の不幸な駅火事で、大切に保管されていた「振鈴」の木製の持ち手と箱は焼けたが、現在は復元されている。三四郎もその音を聞いたかと思えば、感慨を抱かざるを得ない。

日清戦争の講和交渉は、阿弥陀寺町の春帆楼《しゅんぱんろう》で行なわれた。小高い丘の上からは海峡が見わたせる。眼下をつぎつぎ通過して遼東方面へ向かう輸送船を清国全権に見せるためであるが、かりに日露戦争に日本が敗れていたなら、と考えてみる。その場合ロシアは、対馬と佐世保、それに下関を強引に租借しただろう。その三か所をおさえれば、ロシアは日本海を自国の内海とすることができるのである。そのうえロシアには、一度獲得した土地は手放したがらない性癖がある。思うだに怖いことだ。

鉄道好きとして不思議に思うのは、山陽線が下関に入ってくるときの経路、線路の敷き方である。

長府《ちょうふ》から山側に入って幡生《はたぶ》に出る。そこから日本海に接近、下関市街へ至る。昭和十七年（一九四二）に関門トンネルが開通したとき下関駅は現在の場所に移されたが、それまで下関駅（当初は馬関駅）は西細江の海岸にあった。連絡船で九州と連絡するのが下関駅の使命である以上、門司駅（現門司港駅）の対岸でなければならないからだ。

ということは、戦前「開かずの踏切」で知られた竹崎の踏切から、列車は東へカーブを切り、頭を東京方面に向けて駅に入ったわけだ。

長府からなら壇ノ浦を通る経路が合理的なのに、そうはせず、山間部経由としたのは、軍の強い要請があったからだ。敵の艦砲射撃にさらされる危険を恐れたのである。

だが海峡は避けても、幡生からは日本海に近づく。こちらの方が外海である分、危険ではないのかといいたくもなるが、長州人を中核とした陸軍にはトラウマがあった。元治元年（一八六四）、四国連合艦隊下関砲撃事件の消しがたい記憶である。

その一年前の文久三年五月、長州藩は「攘夷」を実行した。海峡で疑わしい行為をとったアメリカ商船を砲撃、ついでフランスとオランダの軍艦と砲戦を交えた。すると翌年七月、その報復という理由を掲げて、英、仏、蘭、米、四か国の軍艦十七隻が関門海峡に来襲した。砲戦の末に陸戦隊が上陸、前田地区一帯の砲台をすべて破壊した。

それは英国公使オールコックが主導した、賠償金獲得目的の行動であった。艦隊遠征費全額の弁済、下関市街を砲撃で焼かなかった点の考慮と慰藉料までを加えて、三〇〇万ドルという高額な賠償金を要求した。

この賠償金は幕府が払った。半額まで払いこんだところで幕府は倒れ、明治政府が受継いで事件から十年後に完済した。しかし、この恐喝じみたやりかたには、事件当時から英国世論は批判的だった。艦隊中一隻だけを渋々参加させただけで償金の四分の一を得ることになったアメリカでは、議会が償金を不当利益として返還を決議した。

返還は明治十六年（一八八三）に実行され、日本政府はその金を横浜港の整備に投じた。「メリケン波止場」の命名は、その名残りである。

だが、いずれにしろ長州藩は惨敗だった。このときフランス軍に持ち去られた砲の一門は、百二十年後の昭和五十九年（一九八四）、下関市に返還された。いまそのレプリカは、松本清張が少年時代の一時期をすごした海岸の借家跡のそばに展示されているが、屈辱と恐怖の思いを抱きながら見る人は、もはやいないだろう。

しかし明治後半期は違った。さすが骨がらみの合理主義者中上川彦次郎も、軍と長州人の深刻なトラウマには勝てなかったのである。

明治三十四年（一九〇一）開業の旧下関駅はよい建築であった。終着駅の風格があった。写真からしのぶばかりだが、門司港駅より立派だった。

この駅が現存していれば観光資源になったのに、と思わぬでもないが、それは無理な願いである。関門鉄道トンネルが開通したとき、トンネルの位置にあわせて彦島方面へ線路は延伸され、下関駅は現在の場所へ移った。下関駅は終着駅ではなくなり、旧駅も歴史的役割を果たし終えた。三年後の昭和二十年（一九四五）、空襲で焼かれ、完全に姿を消した。二度の空襲に加えて、全国に投下された機雷の半分近くが関門海峡に集中し、関釜航路の船がしばしば魚雷攻撃を受けたのは、下関が重要な攻撃目標だったからである。海峡には約三百隻が沈み、沈船のマストが林立した。そのため戦後もその処理が終るまで海峡通過ができなかった。皮肉なことに、海峡でもっとも魚が釣れたのはこの時期だった。

いま旧駅付近で往時の面影をとどめるのは、ただ山陽ホテルの建物、というより廃ビルだけである。明治三十五年、旧駅開業の翌年に建てられたのは木造二階建のホテルだった。大正十一年（一九二二）に失火で焼失、大正十三年に再建されたその建物が現在にきわどく残る。空襲を受けたが全焼はまぬがれた。しかしホテル機能は失って、そのまま廃業した。

当時、国内にあった国鉄直営のホテルは、東京ステーションホテル、奈良ホテル、それにこの山陽ホテルのみで、営業成績より格式を重んじた。食堂の、紫の振袖に白いエプロン姿の給仕は、下関の高等女学校卒業生のあこがれの職業だった。

下関は、シベリア鉄道、満鉄、朝鉄とつなぐ「欧亜連絡」ルートの終着駅でもあったので、皇族からベーブ・ルースまで宿泊客は多彩だった。満鉄総裁・松岡洋右《ようすけ》や朝鮮総督・宇垣一成《かずしげ》は内地の土を踏むとすぐ山陽ホテルで記者会見をした。ネタに困った新聞記者も、「欧亜連絡」列車経由の客が着く日に山陽ホテルにいれば、何かしら記事が拾えた。彼は連絡船から降りたとたん、自ら新聞記者を呼び集めてロビーで会見した。

テノールの世界的歌手、藤原義江は帰国の際には必ず山陽ホテルに泊った。

藤原義江にとって下関は故郷である。彼は貿易会社・瓜生商会の支配人であった英国人の父と日本人の母の間に生まれた。昭和三年（一九二八）、二十九歳のとき中上川あきと再婚した。二児を置いて離婚、単身ヨーロッパへ藤原を追った中上川あきは、中上川彦次郎の娘であった。藤原あきも下関と深い縁がある。

二十五年の結婚生活ののちに藤原義江と別れたあきは、NHKテレビ「私の秘密」の解答者となって知名度を高め、昭和三十七年（一九六二）、参議院のタレント議員第一号となったが、五年後、在職中に亡くなった。藤原義江はあきより長く生き、昭和五十一年、帝国ホテル住まいのまま死んだ。七十七歳だった。

下関駅の全盛期は、実は日中戦争中であった。「興亜景気」で年間三百万人が下関と大陸を往還した。それに本州と九州を行き交う人々を加え、年末年始などの駅構内の人混みはすさまじいものだった。

戦後になってもそれはかわらなかった。今度は、引揚げと在日コリアンの帰国が錯綜して、駅と駅前は筆舌につくしがたいほどの混雑・混乱となった。

そんな大移動が終ったのちも、下関は繁栄への道をたどりつづけた。戦後の食糧難解決の一助として、下関は全国一の捕鯨基地となった。昭和三十三年（一九五八）には関門国道トンネルが開通し、はじめて海底に県境標識が置かれた。下関市民は祝い、日本人全体が喜んだ。戦前の到達水準をついに超えたという共有の認識ゆえである。

こうして下関は道路交通でも終着駅ではなくなった。昭和四十八年（一九七三）には関門橋が開通し、中国自動車道も延伸した。昭和五十年には山陽新幹線全通で、新下関駅ができた。

下関の人々はこれらの達成をやはり喜ばしく迎えたのだが、便利になればなるほど、また他地域の人々の役に立つ施設を提供すればするほど、下関と下関駅の影が薄くなるとは皮肉であった。下関駅はやはり、終着駅としての輝きを本領とするようである。

いま在来線で下関駅に入線する特急列車は、熊本発着「はやぶさ」と大分発着「富士」の共同編成一往復のみ、それらが朝と夕に五、六分、停車する。そのうち朝だけホーム上のうどん屋が店開きして、乗客はあわただしく「ふく天」うどんを食べることができる。

だが九州行寝台特急の仕事も間もなく終る。

「富士」は由緒ある名前である。昭和四年（一九二九）、東京—下関間を走る特急列車に、日本ではじめてつけられた愛称だった。十八時間三十分かけて下関に着いた「富士」の乗客は、一時間後に出る関釜連絡船で釜山へ。そこから京城（ソウル）を経て奉天（瀋陽）。ハルビンには東京を出て四日目、ソ満国境の満洲里には六日目、莫斯科《モスコー》には十二日目、巴《パ》里《リ》には十五日目に着いた。その、乗ったこともないのになぜか鮮やかな国際列車の「記憶」が、いまだ鉄道好き・汽車好きに下関と下関駅をあこがれさせてやまないのである。だが、下関が落日の町だといっているのではない。関釜フェリーは健在、青島と蘇州便まで出て国際都市でありつづけているし、海峡そのものの重要性はいささかも揺るがない。だが、「終着駅好き」「歴史好き」に加えて「路面電車好き」でもある私は、下関駅前や壇ノ浦を走る山陽電気軌道の電車を、やはり見たこともないのに懐かしむのである。それは昭和という時代を体現した風景であっただろう。

おなじ思いは、市郊外の小月《おづき》で、長門鉄道の廃線跡をたどってみたときにも味わった。大正七年（一九一八）、日本が欧州大戦バブル景気で沸き立つなか、全国に起こった私鉄ブームで建設されたひとつで、小月から北方へ一八キロ、下関市豊田町西市まで通じた。

廃止されたのは昭和三十一年（一九五六）だから、すでに半世紀余りを経て、旧軌道の道床は農道とかわりがないように見える。だが線路をできるだけ水平に近づけるための切り通しがところどころにあるから、それとわかる。その切り通しの上にかかった道路橋の、建設当初からのレンガ積みの橋桁にふれて、昔をしのぶばかりだ。

いささか感傷的な気分にとらわれて夕刻下関市街に戻り、駅から遠からぬ場所にあるバーに入った。

店内に、船の写真がたくさん飾ってある。軍艦ではない。商船やタンカー、それに南極観測船もあったと思う。マスターがつくってくれたオン・ザ・ロックの氷は、その観測船が届けてくれた二万年前の氷だという。注がれたウイスキーから、二万年前の南極の空気がぴちぴちと弾けてくる。二十万年前のものもあるとマスターはいったが、とてもおそれ多くて、拝見するだけにした。

私はその氷の気泡に、昭和三十年代まで親しいものであったマルハの鯨缶のラベルにえがかれた南氷洋を思い出した。オン・ザ・ロックには、いわば日本近代史の結晶のような味がした。それが下関の味である。

寝台特急「はやぶさ」「富士」は平成二十一年（二〇〇九）三月、廃止された。

はやぶさに乗ってみた

平日の夕方である。東京駅在来線長距離列車用の10番線は静かで、遠い昔のおだやかな時間が、ここだけに流れているようだ。

ホーム上に列車を待っている旅行客は少ない。というより、ほとんどいない。ほんとうにこのホームから熊本行寝台特急「はやぶさ」が出るのか、そう疑いかけた頃、列車が入線してきた。前六輛が「はやぶさ」、後六輛が門司で切り離す大分行特急「富士」である。それぞれ単独で編成するだけの需要はもはやない。なにしろ熊本まで十七時間四十五分、これほどの時間の贅沢に浴せる人はいまどき少なかろう。

私はかねてから、夏目漱石『草枕』の宿、特にその風呂場を一見してみたいと思っていた。

漱石は第五高等学校教授時代の明治三十年（一八九七）暮れ、熊本からひと山越えた有明海側、海を見下ろす小天《おあま》温泉を訪ねた。政客・前田案山子《かがし》が建てた、別邸を兼ねた宿である。その経験を明治三十九年『草枕』に書いた。私は年ごとに『草枕』の美文と「俳味」を好むようになったのだが、わけてもその夜半の浴場のシーンが忘れがたかった。

そのための熊本行きは、贅沢ついでに「はやぶさ」の個室寝台にしようと考えた。「トワイライトエクスプレス」にあるような「スイート・ロイヤル」などではない。食堂車を連結しない実用一点ばりの寝台特急の個室もまた一興、だいたいこの時世、九州行特急寝台列車がいつまで存在しつづけられるか、乗るならいまのうち、と思ったのである。

東京から九州方面への寝台特急のさきがけは、昭和三十一年（一九五六）十一月運行開始の「あさかぜ」、ちょうど五十年前のことだ。

当時の「あさかぜ」は一八時三〇分、東京駅15番線から出発した。新幹線以前、現在よりも錯綜したダイヤによる列車運用で、東京駅の横須賀線発着13番線ホームから15番線ホームの「あさかぜ」が見通せるのは、一七時五七分から一八時〇一分までの四分間だけだった。この「奇跡の隙間」に着目して犯罪を構成したのが松本清張『点と線』の犯人である。『点と線』は、昭和三十二年二月から一年間、旅行雑誌「旅」に連載された。

「はやぶさ」はその二年後、昭和三十三年秋、戦後国鉄全盛期を象徴する東京―大阪間の電車特急「こだま」、東北方面初の特急「はつかり」などとともに誕生した。その頃の「はやぶさ」は鹿児島行で、全行程一四九四・六キロを二十二時間五十分で走った。

それから四十八年後の初夏の夕方、「はやぶさ」は静かに動き出した。大げさな予告はなく、旅情を味わういとまもなかった。誰も見送らないなと思っていたら、ホームの尽きる太いパイプの柵に十数人の青年たちがたまっている。「はやぶさ」を見送る「鉄ちゃん」たちであった。

個室は四室、全体の五分の一しか埋まっていない。ドアを開けたまま、読書するでもなく窓外を眺めるでもなくぼんやりとしていたら、隣室のおじいさんが四ケタの暗証を入れる電子ロックと苦闘しているのに気づいた。

早くも備え付けの浴衣姿となったおじいさんは、「どうして普通のカギじゃないんだろう」と手助けした私にしきりに嘆いた。

目的地は佐賀だという。「はやぶさ」で鳥栖《とす》まで、そこで長崎本線に乗換えるのだ。しかし飛行機なら福岡まで一時間半、新幹線と在来線を乗継いでも三分の一あまりの時間で行ける。自分のことは棚にあげて、贅沢ですね、と私はいった。

耳が悪いんですよ、とおじいさんは答えた。気圧がかかると痛くてね。飛行機もダメだし、新幹線がすれ違うときの衝撃もダメ。だから寝台特急にしか乗れない。

なるほど。そういう利用動機も寝台特急にはあるわけだ。

彼はつづけた。

昔の「はやぶさ」は鹿児島まで行ったし、大分行といっしょになんかさせられなかった。

落ち目でさびしい。それでも「はやぶさ」があるうちは九州に帰れる。

老けて見えたので「おじいさん」と書いたが、聞けば昭和十年（一九三五）の早生まれ、亡くなった石原裕次郎と同学年で、この年七十一歳である。

五十代の終りに胃癌の手術をした。酒の飲みすぎのせいだ。奥さんは六十そこそこで亡くなった。以来、埼玉の県営住宅でひとり暮らしをしている。このたびの佐賀行きは、中学三年生のときのクラス会に出席するためである。佐賀市からさらに唐津線で内陸に入った、多久《たく》まで行く。もう六十年近い昔のことだが、担任の先生の人徳なのか、いまもみな仲がよい。しかしその先生も亡くなって久しい。

私たちが個室寝台車の通路で長い立ち話をしている間、横浜、熱海からぱらぱらと乗ってくる人があった。その後、静岡でも乗り、個室も二室埋まった。おじいさんが私に缶コーヒーをおごってくれた。車内販売は朝になるまでこないから自動販売機で買ってきたのだが、表示がよく見えなかったのだろう。缶コーヒーは無糖だった。

彼が上京したのは昭和三十九年（一九六四）である。ビル内部の電力インフラをつくる、つまり強電の最初の現場は、東京オリンピック後に内幸町から渋谷に移転するNHK放送センターだった。高度経済成長期のただなかで、日本中が沸き立つようだった。仕事はいくらでもあった。東京生まれの女性と結婚し、その後も、霞が関ビル、浜松町の貿易センタービル、当時の代表的ビルの現場に入りつづけた。よく働いて、よく飲んだ。

胃癌はそのたたりですよ、と彼はいった。油断して年金の掛け金を払わなかった時期も、奥さんがこっそりつないでいてくれた。

おかげでいま、こうやって生きていられるんですがね、その女房も、結局一度もラクをしないで早死にしちゃった――。

ベッドに横になった私は、松本清張の短編小説と、それを昭和三十三年（一九五八）に松竹で野村芳太郎監督が映画化した『張込み』を思い出していた。

東京で殺人を犯した青年が、昔の恋人に接近する可能性がある。彼女は人妻となって佐賀に住んでいる。警視庁の刑事ふたりがはるばる佐賀に夜行列車で向かう。

映画『張込み』の冒頭十分間は、小説では三枚分ほどしかない夏の暑い盛りの車内の描写で、私はそこが好きだった。

刑事たち（宮口精二と大木実）が乗ったのは東京発二一時四五分、急行「さつま」鹿児島行である。車内は混雑をきわめ、彼らは床に腰をおろす。座席についた客はたいていワイシャツを脱いでいる。ステテコ一枚になってしまったものもいて、例外なく扇子を使っている。昔の汽車はたしかにそんなふうだった。移動そのものが労働だった。

刑事たちは京都でようやく座席にすわれた。車内に朝の風が吹きこむ頃である。「さつま」が大阪で蒸気機関車に付換えられるのは、山陽本線が未電化だったからだ。門司で再び機関車をかえて博多発二二時四〇分、鳥栖には二三時〇九分に着いた。東京から二十五時間二十四分の長旅だった。もうこの時刻には連絡列車は終っているはずだが、映画ではふたりの刑事は深夜に佐賀駅に降り立った。

それから数日、人妻となった昔の恋人（高峰秀子）の平凡すぎる暮らしを見張りながら、犯人（田村高廣）の出現を待つ。その不運な昔の恋人同士が、刑事の隙をついて逢引きをする場所が、多久の近くの鉱泉場なのである。

歳月は遠く翔び去った。

「はやぶさ」が岐阜を発車したところまでは記憶がある。目覚めたのは広島だった。防府《ほうふ》発七時一七分、踏切の人影を確認するために不規則停車したのは宇部手前である。列車は十二分遅れた。

徳山から乗りこんだらしい車内販売のおばさんは、コーヒーを紙コップに注ぎながら、遅れたら困るぅ、博多で新幹線に乗らなあかんのに、お茶とビールを取りに行く時間があらへん、と嘆いた。しかし、小倉を出るときには遅れを取り戻していた。

鳥栖でおじいさんの後姿を見送り、熊本には定刻一一時四八分に着いた。静かなホームの静かな到着だった。

一二九三・三キロを十七時間四十五分で走るのはものすごく遅いように見えるが、停車時間を含んだ平均時速（表定速度）は時速七〇キロ、在来線としては相当な速さである。

「汽車好き」に愛される只見線は、福島県会津若松から新潟県小出まで一三五キロを四時間半かけて走る。その表定速度は三〇キロにすぎず、それがローカル線の平均的な速度なのだ。

熊本駅からひと駅分だけ車で戻った。そこは上熊本駅、かつては池田駅の名で熊本の玄関口だった。

漱石も五高に赴任したときここで降りて町に入った。『草枕』では、主人公の画工《えかき》（漱石）と那美さん（前田卓子《つなこ》）が、那古井《なこい》の宿（小天温泉《おあま》）から、満洲の戦場に出征する久一《きゅういち》さんを見送りにこの駅にきて、「御金《おかね》を拾いに行くんだか、死にに行くんだか」、とにかく大陸へ行く元亭主と那美さんは車窓越しに偶然再会する。だが、もはや昔をしのぶよすがは上熊本駅にはない。

ところが、熊本から小天温泉までの山道には、どこか百年前の面影がある。傾斜地を選んで建てられ、正面からは三階建に見えたはずの前田家別邸は、部分的に復元されていて、ここにも明治のにおいが残る。

その最上部にあたる小部屋に漱石は滞在した。風呂は一階にある。地表からさらにいくらか掘りこんだ半地下状になっているのは、動力ポンプのない当時、低い場所で湧出する湯を引くためだ。

主人公の画工が、「湯槽のふちに仰向《あおむけ》の頭を支えて、透き徹る湯のなかの軽《かろ》き身体を、出来るだけ抵抗力なきあたりへ漂わし」ながら、「土左衛門は風流である」（『草枕』）などと思っている。

と、「室を埋むる湯烟《ゆけむり》」の向こうに人影が浮かんだ。「朦朧《もうろう》と、黒きかとも思わるる程の髪を暈《ぼか》して、真白な姿が雲の底から次第に浮き上がって来る。その輪郭《りんかく》を見よ」

那美さんだった。夜更けの浴場を無人と思いなして、洗い場へとつづくなめらかな石段を降りかけた。が、はたと画工の存在に気づいた。しかし気強い美貌の人である那美さんは、うろたえたりしなかった。

身をひるがえして、「ホホホホと鋭どく笑」いながら、湯烟の彼方へと遠ざかった。

これがあのシーンの風呂場か。案内を受けて見学し、積年の思いは満たされた。私の熊本への「贅沢な旅」は、「この咄嗟《とっさ》の際に成就した」のである。

漱石の汽車、直哉の電車

小説中に、汽車を主要な要素として登場させた最初の人は夏目漱石だと思う。

漱石は、第五高等学校在任時の一八九七年（明治三十）暮れから一八九八年正月にかけ、同僚の山川信次郎らと熊本近郊玉名郡小天村へ小旅行し、政客前田案山子の別荘に泊った。旅館を兼ねたその温泉宿で年を越したとき、漱石は満三十歳であった。一八九八年初夏にも、狩野亨吉《こうきち》、山川信次郎と小天温泉に行った。帰りは、山道の途中まで案山子の次女前田卓子《つなこ》が一行を送った。

漱石は一九〇六年、その体験をもとに実験的な「俳味」小説『草枕』を書いた。『草枕』の末尾で語り手の「画工」は、兵隊となって満洲の戦場へ向かう久一さんを見送りに、温泉宿の出戻り女性那美さんと鉄道駅へ行く。時制は日露戦争中、那美さんのモデルは前田卓子、駅は、当時熊本の玄関口であった上熊本である。

のどかな春の俳味の里から町へ出た画工は、汽車をこんなふうに批評した。

愈《いよいよ》現実世界へ引きずり出された。汽車の見える所を現実世界と云う。汽車程二十世紀の文明を代表するものはあるまい。何百と云う人間を同じ箱へ詰めて轟《ごう》と通る。情け容赦はない。詰め込まれた人間は皆同程度の速力で、同一の停車場へとまってそうして、同様に蒸汽《じょうき》の恩沢に浴さねばならぬ。人は汽車へ乗ると云う。余は積み込まれると云う。人は汽車で行くと云う。余は運搬されると云う。汽車程個性を軽蔑《けいべつ》したものはない。文明はあらゆる限りの手段をつくして、個性を発達せしめたる後、あらゆる限りの方法によってこの個性を踏み付けようとする。

久一さんの行先は、人が「烟硝《えんしょう》の臭《にお》いの中で」「赤いものに滑って無闇に転」び、「空では大きな音がどどんどどんと云う」場所なのだが、その汽車には那美さんの元の亭主も乗っている。たまたまということではなく、那美さんは多分それを知っていた。元亭主もやっぱり満洲へ行く。「御金を拾いに行くんだか、死にに行くんだか」、とにかく行く。大陸浪人の先駆けである。彼は窓から首を出し、ふと那美さんと顔を合わせた。しかし互いに言葉はない。煙を吐き流しつつ去る汽車を目で追う那美さんの表情に、かつて見たことのない「憐《あわ》れ」が宿っていた。

「それだ！」と画工は叫んだ。「それだ！　それが出れば画《え》になりますよ」

汽車が嫌いというわりには、漱石の小説には汽車がよく出てくる。電車も出てくる。電車は明治末年のことだから路面電車である。

一九〇七年（明治四十）『三四郎』の主人公、五高を出た小川三四郎は、東京帝大文科大学に入るために福岡県行橋《ゆくはし》から、えんえん汽車旅で上京する。下関から夜行列車で神戸まで行き、そこで名古屋行に乗換えた。東へ向かえば向かうほど「女の色が次第に白くなる」。

向かいの席の女と爺さんの客の会話を聞くともなしに聞いた。彼らは見知らぬ同士である。爺さんの息子は満洲で戦死した。女の亭主は海軍の職工で、もともとは女とその子の三人で広島の呉《くれ》にいた。戦争後半は旅順《りょじゅん》軍港に行って働いた。講和になって帰ってきたが、戦後不況で仕事がない。そこで大連《だいれん》へ出稼ぎに行ったのだが、しばらくして便りが絶えた。『三四郎』のこの部分の時制は一九〇七年九月だから、講和からちょうど二年である。呉で待っていても仕方がないので、子供をあずけた四日市辺の実家へ行くつもりだ、と女はいう。

爺さんはどこかの駅で降りて行った。夜になったので三四郎は弁当を食べた。食べ終えたカラを「力一杯窓から放り出した」ら、それが、ちょうど窓から顔を出していた女の顔に当たった。三四郎は恐縮した。それをきっかけにいくらか話したのだが、名古屋で降りたあと、まさか同宿する破目になろうとは思いもしなかった。名古屋に着けば夜は更けている。関西線の汽車はもういない、ひとりでは気味が悪いから、と女はいうのだ。旅館の風呂場へ行けば、戸を半分あけてのぞき、「ちいと流しましょうか」などという。三四郎はびくびくする。女中は蒲団をひと組しか敷いてくれない。身を固くして不自由不自然な一夜を明かした三四郎に、女は翌朝名古屋駅で別れるとき、「あなたは余っ程度胸のない方ですね」と、にやりと笑っていった。

名古屋から東京までの車中では、「どことなく神主じみた」風貌の中年男と相席になった。男は豊橋駅で桃を買い、三四郎にも勧めてくれた。

桃を食べつつ、柿が大好きで、いつぞやは「大きな樽柿《たるがき》を十六食った事がある」と子規の思い出などを語ったその人は広田萇《ひろたちょう》、上京後の三四郎と深い関係を保つことになる一高の先生だった。九州を出て三日目の夜、三四郎は東京に到着した。

汽車を「二十世紀の文明を代表するもの」ととらえた漱石は、車中を社会の実相のあわれと見た。それは、工業化し大衆化する社会である。見知らぬ同士、本来なら接触する機会がないはずの階層同士が、汽車で「運搬される」社会である。元来日本人は話し好き他人好きなのだが、その性格を汽車の内部の狭さと退屈さが助長した。

そのような傾向は昭和戦後までつづいたが、いつしかすたれた。一九五八年（昭和三十三）、ビジネス特急「こだま」の誕生あたりが転換点である。東京―大阪間を、それまでの八時間から六時間五十分に短縮し、日帰りで大阪の用が足せるというのが「こだま」の売り文句だったが、実際には大阪に二時間しかいられないのである。「ビジネス」と見知らぬ相客の世間話が似合わぬだけではなかった。座席が従来の客車式、四人で向きあうボックス・スタイルから、進行方向を向いた二人席の電車にかわったことが大きい。車輌の窓ははめ殺しとなり、開口部は手洗いの窓のみとなった。それも、上部が手前にわずかに開くだけなのだ。誘拐した子供の身代金を入れた厚さ七センチのカバンを、酒匂《さかわ》川《がわ》鉄橋のたもとを走行中にその隙間から投下せよと要求したのは、黒澤明の映画『天国と地獄』（一九六三年）である。

漱石がまだ五高の教授であった時分、子規は上野ステーションからさして遠からぬ根岸の借家で病身を養っていた。子規庵である。カリエスの症状が進んで身動きもままならぬ子規は、一八九九年（明治三十二）七月十二日の夜八時から午前二時まで、病床で聞いた物音を記録したことがあった（「夏の夜の音」）。

南には、小庭をへだてて加賀前田家の家作《かさく》が並んでいる。子規庵もそのひとつである。夕食が済んで食器を洗う音がする。子供が唱歌を歌っている。垣根の外側、最合井《もあいせい》（共同井戸）で近所の女が出会ったらしい。立話の声が聞こえる。そのあとに、つるべで水汲む音。

平和な生活騒音の背後から時おり響いてくるのは、汽車の汽笛と走行音である。

病床から一〇〇メートルほど離れた場所に線路がある。汽車はみな上野ステーション発着である。子規はこの夜、午後八時から十一時すぎまで、汽車の音を合計九回聞いた。官有化以前、私鉄日本鉄道時代である。上野からは土浦、水戸を経て仙台へ至る常磐線、大宮、宇都宮から仙台、青森への東北線、大宮から東北線と岐《わか》れて高崎、前橋へ向かう高崎線が出ている。

一八九九年七月の夜八時以降には、常磐線上り水戸発上野行、高崎線上野発の下り高崎行がある。高崎線には前橋発の上りもあって、午後十時に上野着の最終列車である。それが入線すると単線の線路があくから、高崎線の下り最終大宮行が出て、その日の運行は終る。

東北線の最終は、青森始発午後七時上野着の列車である。それが上野に着くと、入れかわりに東北線宇都宮行が発車するのだから、もう早くに終っている。青森発の列車は、二十五時間二十分かけて上野まで達するのである。

子規が聞いた九回の汽車の音のうち、五回は旅客列車である。残る四回は単行の蒸気機関車、上下列車の機関車を付換えるときの走行音であった。

午後十一時には生活騒音は消え、上野の森のフクロウも鳴きやんだ。その後の夜を満したのは、梅雨明け前の重たい空気の沈黙であった。

子規は汽車の音を苦にしないどころか、むしろ好んだ。根岸の横町までレールを引張ってきて仰臥したまま汽車に乗り、日本全国を見物してまわりたいものだ、となかば本気の冗談をつねづね口にしていた子規にとって、汽車はあこがれであり希望であった。漱石が『三四郎』の東海道線車中で広田先生に子規を回想させたのは、理由のあることなのである。

生きている子規と相まみえることはもはやかならぬまいと思いつつ、漱石は一九〇〇年(明治三十三)九月、英国留学の途についた。ロンドンでは、黄色くにじんだ太陽が、昼間でも歩く人を影法師のように浮かびあがらせる煤煙のただなかに投げ出された。それは工業化しつづける二十世紀的社会のすさまじい成果であったが、豊かな社会で暮らす人々は、むしろさびしげに見えた。そこには、江戸文化にあったような落着きと遊びは感じられなかった。

世界最先端国イギリスの物価は高かった。日本の四、五倍の水準であった。漱石がロンドン到着以来の九か月余りのうちに下宿を四度かえたのは、おもに下宿代の高さに音を上げたからである。その五番目にして最後の下宿は、クラパム・コモンにあった。大鉄道基地、クラパム・ジャンクションに程近い場所にあった。

漱石は一九〇九年(明治四十二)、『三四郎』を書き終えて『それから』に着手するまでの間に、この地の記憶を短文に書いた。

昨宵《ゆうべ》は夜中《よじゅう》枕の上で、ばちばち云う響を聞いた。これは近所にクラパム・ジャンクションと云う大停車場《おおステーション》のある御蔭である。このジャンクションには一日のうちに、汽車が千いくつか集まってくる。それを細かに割附けてみると、一分に一《ひ》と列車位ずつ出入《でいり》をする訳になる。その各列車が霧の深い時には、何かの仕掛で、停車場《ステーション》間際へ来ると、爆竹の様な音を立てて相図をする。信号の灯光は青でも赤でも全く役に立たない程暗くなるからである。(『永日小品』のうち「霧」)

このとき漱石の脳裡には、二年前の秋「ホトトギス」誌上で読んだ子規の「夏の夜の音」が去来していたのかも知れない。だが漱石は、汽車の音にあこがれや希望を託さず、まして「旅情」をもよおすことはなかった。二十世紀的文明が、人を追い使おうとしてふるう鞭を思った。その容赦ない鞭の音を聞きながら帰国までの一年半、下宿に引きこもって、他の日本人留学生に「夏目狂せり」といわれるまで勉強した。

上京した三四郎は、東京の二十世紀的文明のありように大いにとまどった。適応障害を起こしかけた三四郎に、佐々木与次郎という選科の学生が、電車に乗ってみろ、といった。「電車に乗って、東京を十五六辺《ぺん》乗り回しているうちに自《おのずか》ら物足りる様になるさ」

与次郎は三四郎を連れて大学の脇、本郷四丁目から路面電車に乗った。上野広小路で乗換え、新橋へ行った。新橋から引返す電車で日本橋へ戻った。そこで、料理屋に入って晩飯を食い酒を飲んだ。そのあと寄席《よせ》へ行き、小さんの落語を聞いた。何かするたび、与次郎は「どうだ」と三四郎に尋ねた。しかし、何がどうだなのか、三四郎にはよくわからなかった。

別の日、一ツ橋の高等商業まで行くつもりで、本郷四丁目からひとりで電車に乗ってみた。この経路は、正しく行けてもやや複雑なのだが、三四郎の場合は混乱をきわめた。

上野広小路で乗換え、須田町でまた乗換えた。ここまでは上出来だった。いまは変哲ない街並みの須田町だが、路面電車の結節点として明治三十年代末から昭和三十年代まで、六十年間ほど東京の中心のひとつだった。その須田町からの電車を神保町で降り、高等商業は現在の如水会館の場所にあるからあとは歩けばいいものを、乗りすごして九段下まで行った。あわてて降りたので逆方向の電車に乗り、飯田橋へ出た。

そこで外濠線に乗換えたまでは、まだよかった。だが水道橋で乗換えなくてはならないのに、御茶ノ水を越した松住町でようやく気づいて南へ向かう電車に乗直した。神保町まで近づいたが、その手前の小川町で電車は南へ折れた。神田橋で降りて乗換えた電車が、やっぱり行きたい方角とは逆行きなのだが、三四郎はまだ気づかない。そのうち電車は鎌倉河岸、呉服橋を経て数寄屋橋に着いた。終点だといわれた。さぞ茫然としたことだろう。

結局、東京中心部を二周して三四郎はあきらめた。東京は広くて、とりとめがない。電車はのどかに見えて、こわい乗物なのであった。

路面電車が東京を走りはじめたのは一九〇三年である。一八八二年にアメリカから輸入して実用化した日本橋—品川間の馬車鉄道をまず電化した。ついで、東京市街鉄道と東京電車鉄道の二社が発足した。翌〇四年には東京電気鉄道（外濠線）が参入、三社体制となって路線延伸速度は著しく増した。〇六年に三社は合併、やがて東京市に移管された電車網は、総延長二五〇余キロにおよんだ。

漱石が『草枕』にわずかに先立って書いた『坊っちゃん』の主人公は、一九〇五年七月物理学校を卒業、四国の中学校教師となって九月はじめに赴任した。しかし中学校教頭「赤シャツ」の卑劣な陰謀に立腹して、わずかひと月あまりで退職、東京へ帰った。

主人公坊っちゃんは、異常に短気で神経症的な江戸型近代人であった。一方、赤シャツはいやみな西欧型近代人だが、むしろこちらに漱石自身の自己像の反映がある。

東京に帰った坊っちゃんは家賃六円の家に、昔実家の女中をしていた清《きよ》とともに住んだ。彼が就職したのは「街鉄」つまり路面電車であった。〇五年暮れ、折しも三社合併の直前のことだ。技師の下僚の技手《ぎて》、中学では四十円もらっていた月給が二十五円に下がったが、坊っちゃんに不満はない。漱石は、必ずしも電車を憎んではいなかった。

そんな漱石を敬愛した志賀直哉が、父直温《なおはる》との仲違いの末に麻布三河台の家を出て尾道へ行ったのは一九一二年（大正元）十一月、このとき直哉は二十九歳であった。

志賀直温は慶応義塾に学んだのち下級官吏として勤め、一八八六年（明治十九）、官の大幅なリストラで非職となって実業界に転じた人である。直温は総武鉄道会社を設立して成功したのだが、その設立から十四年後の一九〇七年、鉄道国有化政策によって官有化され総武線となった。鉄道事業の成功と、官からの補償金が志賀家の六十万円（現在の価値で五十億円前後）という財産の基である。父子相克の原点は、この金を徐々に太らせながら代々志賀家をつないでゆくという直温の「永生思想」への直哉の反発にあった。

海運業で成立した尾道は、よそ者に寛容な港町であった。その点大いに気に入った。しかし、ちょうど冬に向かう時期だったから、千光寺附近の高台に借りた長屋は寒かった。寒がりの直哉には、それがひどくこたえた。

翌一三年四月に東京へ戻ったのは、「友人耽溺《たんでき》」と自嘲するほどの直哉が友に飢えたからだが、同時に、尾道での無聊《ぶりょう》を慰めようとしてもらった、病気の治療のためでもあった。六月から御茶ノ水の順天堂病院の泌尿器科に通いはじめた直哉は、七月二十六日にも病院の帰りに電車に乗った。数少ない乗客はみな暑さに疲れたようすだった。車内にまぎれこんだ白い蝶が、芝居の広告にとまった。

御成門《おなりもん》をすぎて神谷町にかかる手前、芝西久保広町あたりで、運転手が妙な叫び声を上げた。半睡だった直哉がふと目を上げると、小さな男の子が道路を突っ切ろうとしているところだった。前しか見ていないその子と電車が、一瞬後に交錯するのは明白だった。

ブレーキは間にあわなかった。いちばん前の席にいた直哉は、とっさに最後尾に逃げた。血を見たくなかったのである。

泣き声が聞こえた。こわごわ外を見ると、子供は電車の先端、地面近くに据えつけられたネットのなかに転がっていた。犬猫を轢き殺さぬためのネットが、その子をみごとにすくいあげたのだった。

電車から降りた乗客たちの表情は倦怠から一転、生気にみなぎっていた。みな、その人の美質の部分だけを見せているようであった。職工風の青年が子供を抱き上げ、どこにも怪我はないといった。おびえた子供は、青年の胸を小便で濡らした。彼は苦笑して許した。一見してつまらぬ小役人と思われた中年の乗客は、運転台に近づいて運転手に話しかけた。

「君、実にうまくやったね」と云った。彼は殆ど無意味にステッキで救助網を叩いた。そして又「君、こんなうまく行った事はないよ。ええ、此網《この》が出来て以来こんな事は初めてだ」と云った。彼の快い興奮を寄せるにはそれは少し内容の充実しない言葉だった。彼はもっと云いたいらしかった。然し自分でも満足出来るような詞《ことば》は出なかった。（『出来事』）

近所の人に呼ばれて駈けてきた母親が子供を引きとり、再び動き出した電車のなかで直哉はまだ「快い興奮」の残滓《ざんし》をたのしんでいた。それは悲劇を避け得た快さであった。また椿事《ちんじ》の出来《しゅったい》したとき、無表情な大衆が、善意と情熱を一瞬垣間見せたことへの興奮であった。ふと目を上げて先ほどの白い蝶を探したが、その「無邪気なひょうきん者」はすでにどこかへ飛び去ったあとだった。

この十五枚ほどの短編、七月二十六日に目撃した事件を七月二十八日に書きはじめ、八月十五日に擱筆《かくひつ》した『出来事』は、直哉の二十代の大半を領した神経質な不機嫌を脱するきっかけとなった。

その八月十五日夜、直哉は里見弴《とん》といっしょに、芝浦の埋立地の素人相撲を見に行った。帰り道を歩いていたとき、田町附近で官鉄の電車に背後からぶつけられて頭部を負傷した。直哉と鉄道・電車には、奇妙な因縁がある。傷は骨まで達していて、死んでもおかしくないほどの大怪我だったが、十日あまりの入院で済んだのは僥倖《ぎょうこう》であった。傷の後養生《あとようじょう》のための直哉が城崎《きのさき》温泉に行くのは、その年の十月である。彼はそこで『城の崎にて』の材料を得るのだが、怪我のせいで尾道暮らしはそのまま終った。実質四か月ほどの尾道滞在であった。

直哉が尾道を去って四十年後の一九五三年（昭和二十八）、小津安二郎は『東京物語』を撮った。笠智衆と東山千栄子の老夫婦の居住地を尾道に設定したのは、志賀直哉の事跡を慕ったからである。それほど小津は直哉が好きだった。

『東京物語』は汽車の物語でもある。ひょっとしたら子供たちの顔を見るのもこれが最後、そういう覚悟で上京した老夫婦だったが、果たしてそうなった。

汽車の長旅がこたえていた老妻は、東京から尾道へ帰ろうとして、のちに「安芸《あき》」と愛称される夜行列車の車中で体調を崩す。国鉄勤めの三男が大阪にいたので、途中下車して三男の官舎で休息する。その後、押して帰宅したのだが尾道で発病、あっけなく死んでしまう。急を聞いた子供たちが尾道の家に集まる。戦死した次男の未亡人（原節子）も駈けつける。

『東京物語』には瀬戸内海に面した墓地の脇を、汽車が走り去るシーンが二度出てくる。墓石群が眺めつづけてきた汽車は、次男を戦地へ運び、長男と長女を東京に、三男を大阪へ連れて行った。老妻の死を早めたのも汽車である。

葬儀が終って子供たちがみな日常に帰ってしまったあとも、義理の老父を気づかってとどまった原節子だが、彼女もやがて東京に去る。彼女が乗ったのは、数年後「さつま」と名づけられる西鹿児島発の急行列車である。

だが、画面を横切る汽車は、恨みがましく映されてはいない。ひたすら淡々と走り去るのである。汽車は、やむを得ずすぎてゆく時間を象徴する。そして、明るい日ざしを浴びて沈黙する墓地は、やむを得ずうつろう家族、すなわち歴史そのものをあらわしている。漱石から小津まで、文学と映画の違いを除いても、汽車と鉄道をえがく視線は時代とともに動く。いまも動いている。

あとがきにかえて

「あ、ナツカワなんとかよ」

「ダレ？」

「サッカよ」

コーヒーカップを載せたお盆を手にした背中に、そんな声を聞いた。チェーン店のコーヒーショップである。私は目当てをつけていたテーブルをわざと通りすぎ、壁際のカウンターへ向かった。目の端で見たふたり連れは、中年だか初老だか、いずれにしろ年配の女性だった。

私でも、ごくごくたまーに、そういうことはある。たいていはコーヒーショップかファスト・フードの店だ。声をかけてきたりするのは、ほとんどおじさんか、おじいさんになりかけの人である。そして東京だけである。女性はめずらしいが、嬉しいかと問われると答えに窮する。

二〇〇五（平成十七）年の初夏だったと思う。秋田へ行った。米代川《よねしろがわ》中流域の鷹巣《たかのす》という町から田沢湖の南、角館《かくのだて》まで秋田内陸縦貫鉄道に乗った。

午前中の待ち時間にいくらか歩いてみた鷹巣の町で、いちばんにぎやかだったのは病院前だった。老人たちが元気に出入りしている。ひと気のないアーケードを駅まで戻る途中に見つけた喫茶店で、十何年ぶりくらいでモーニングサービスをとった。トーストとゆでたまごを食べながら昭和四十年代を回想した。駅の待合室に戻ると、ひとりだけ乗客が待っていた。おばあさんだった。病院の帰りかも知れない。

わざわざ乗りに行ったのではない。ことのついでである。これは強調しておきたい。鶴岡に用があった。シンポジウムだったか地方テレビの依頼だったか、とにかく藤沢周平が主題だった。呼ばれるといそいそ出掛けるのは、地方が好きだからである。ことのついでにローカル線に乗れるからである。

このときは新幹線で新潟まで。新潟で羽越線の特急に乗継いで鶴岡へ行った。汽車好きだが新幹線はどうでもいい。特急列車ならいくらか風景を眺めもするけれど、田舎の小駅には停まってくれないし、土地のおばあさんやら高校生の乗客を見物することができない。このときも明るく輝く日本海以外、別段おもしろみを感じなかった。

所用を終えて「ついでに」秋田へ行った。そこで一泊。翌朝早くにホテルを出て、秋田駅から電車に乗った。普通列車は郊外の学校へ通う高校生をぱらぱらと駅に撒きながら進んだ。やがて東能代《ひがしのしろ》から米代川をさかのぼった。

昔は鷹巣から南へ阿仁合《あにあい》線が、角館から北へは角館線が延びていた。いずれつなげるつもりだったのだが国鉄は大赤字、両線とも盲腸線のまま長く放置された。昭和五十九年（一九八四）、ふたつの線は第三セクターに移管された。一九八九（平成元）年に未通区間二九・三キロを完成させ、計画以来六十七年にしてついに南北が結合、秋田内陸縦貫鉄道となった。

地図上で眺めると、いかにも乗ってみたくなる線構えである。どうせ赤字で存続もラクではなさそうだ。「ついでに」乗れば貧者の一燈、そういう気分もあった。

私は終始、運転席隣の窓から前方を眺めつづけた。好きなのだ。緑したたる山々と、けなげなレールをずっと見つめつづけた。

二時間半後、角館駅のホームに着く直前、乗客のひとりが私に声をかけてきた。都会からこの線にわざわざ乗りにきたらしい初老男女四人組のうちのひとり、男性だった。

「あなた、ナツカワさん？」

え……？　あの、違いますけど……。

こんな遠くまできて、ただ汽車に乗っていた。ずっと前方を注視しつづけていた。そんな姿を見られたと知ってやや狼狽したのであるが、ウソはついていない。私はナツカワではない。

角館の武家屋敷の道を歩きながら、こういう町の高校の教員になるという人生もあったなあ、と思った。町と学校の民主化につとめる。野球部の部長になる。そして芦川いづみみたいな同僚の先生に慕われる。そんな埒《らち》もない想像を誘う美しい町であった。

長らく「かくれキリシタン」のような鉄道好きであった。二〇〇六（平成十八）年、『汽車旅放浪記』という本を書いて「カミングアウト」した。しかしいまでも、気分は「かくれキリシタン」でありたいと思っている。

『汽車旅放浪記』以前と以後の稿をあつめ、このたび一本とした。趣味の本には違いないから、そのこと自体は少なからず恥ずかしく思う。

だが、汽車と鉄道は近代を象徴するものであり、近代の変転・進歩のはかなさを表現するものでもあるから、趣味にかたよりがちではあっても歴史とまんざら関係なくもない。そう思って刊行の勇気をふりしぼった。同好の士と言葉はかわさなくともよい。ただ、ひそかなほほえみだけでよい。

二〇〇九年六月

関川夏央

文庫版のためのあとがき

このたび『寝台急行「昭和」行』が中公文庫の一冊として刊行され、いましばらくの命を保つことになった。うれしく思う。

当初は所詮「趣味」の本と自ら軽んずるところがないではなかった。しかしこの機会に、二〇〇四年から二〇〇九年はじめまで、すなわち私の五十代後半に書いた稿をおさめた親本を読み返してみて、ここにはいちおう「汽車」と鉄道を通じて歴史の断片をえがこうとする意志があると感じた。

鉄道抜きに日本の近代は語れない。その劇的な興隆期は、丹那トンネルの開通で東海道線が御殿場まわりから現在のルートにかわった昭和九年を起点とする。「欧亜連絡」の下関行特急「富士」が丹那トンネルの闇を切り裂いて疾駆する姿を想像すると、同時代を生きなかった私でさえいささかならず興奮する。「時刻表」を「読む」少年ファンが誕生したのもその頃である。

昭和戦後の鉄道ファンである私は、まず「働く機関車」「働く人々」に憧れた。いちばん好きだったのは操車場の風景で、いまも強い懐旧の念を覚える。しかしそれはもう還らないのである。

鶴見線、寝台急行「銀河」、三岐鉄道、天竜浜名湖鉄道、福井鉄道、城端線など、たのしい無為の旅をともにした「鉄子《てつこ》」のOさんは、その後出版社を退職して英国の大学院に留学した。ご自分でレールを転轍《てんてつ》されたのである。

阿川弘之先生の『お早く御乗車ねがいます』（一九五八年）、『空旅・船旅・汽車の旅』（一九六〇年）はともに往年の名作だが、それが中公文庫で再刊されたとき、私は「解説」を担当した。汽車好きとしてつとに名高い阿川先生の、ユーモアにあふれ、一九五〇年代という時代の感触をありありと伝えるこの二冊に、あらためて深い感動を味わったが、先生は二〇一五年八月、九十四歳で長逝された。

乗客は入れ替わる。しかしたったいまも「汽車」は、非人情に過ぎ去る時間の中を走りつづける。そう思うとき私は、いつも哀しみと希望の入りまじった複雑な感情を味わうのである。

二〇一五年十月

関川夏央

初出一覧

I

安上がりで小さな旅
〈「現代」２００７年８月号〉
寝台急行銀河「昭和」行
〈「現代」２００８年５月号〉
北陸の電車、各種に乗る
〈「現代」２００８年11月号〉
徒労旅同行志願
〈書き下ろし〉

II

ポワロのオリエント急行
〈「なごみ」２００６年９月号〉
『華氏４５１』と「亡命者」たちの村
〈「てんとう虫」２００５年２月号〉
さようなら０系
〈「週刊朝日」２００８年12月12日号〉

スペインの接続駅
〈「NHKラジオまいにちスペイン語」2008年10月号〉
アンデス高原列車
〈「NHKラジオまいにちスペイン語」2008年4月号〉
台湾周回
〈「別冊文藝春秋」2007年11月号〉
宮脇俊三の紀行文学
〈「中央公論」2008年8月号〉
汽車旅のたのしみとは何か
〈「小説新潮」2008年5月号〉

III

ネコと待ちあわせる駅
〈「月刊ねこ新聞」2008年12月（「毎日新聞」2008年12月22日夕刊）〉
ああ上野駅
〈「うえの」2008年5月〉
汽車好きのこのむもの
〈「神戸新聞」2004年1～4月連載から抜粋・加筆〉
只見線の旅
〈「魚沼へ」2007年秋号〉

廃線と再生
〈「関西　大人のウォーカー」２００７年１月号〉
生き残った盲腸線
〈「自遊人」２００８年１月号〉
幸田・鉄子・文先生
〈「群像」２００６年５月号〉
都電の行く町
〈「東京人」２００５年３月号〉
老文士の「のんびり時間旅行」
〈獅子文六『ちんちん電車』（河出文庫）解説〉

Ⅳ

関東平野ひとめぐり
〈「東京人」２００６年10月号〉
下関に見る近代日本の全盛期
〈「083」Vol.4　２００９年２月〉
はやぶさに乗ってみた
〈「男の隠れ家」２００６年８月号〉
漱石の汽車、直哉の電車
〈「すばる」２００８年５月号〉

『寝台急行「昭和」行』二〇〇九年七月　ＮＨＫ出版刊

中公文庫

寝台急行《しんだいきゅうこう》「昭和《しょうわ》」行《ゆき》

2015年12月20日　初版発行

著　者　関川《せきかわ》 夏央《なつお》

発行者　大橋 善光

発行所　中央公論新社

〒100-8152　東京都千代田区大手町1-7-1
電話　販売 03-5299-1730　編集 03-5299-1890
URL http://www.chuko.co.jp/

DTP　柳田麻里
印　刷　三晃印刷
製　本　小泉製本

Published by CHUOKORON-SHINSHA, INC.
Printed in Japan　ISBN978-4-12-206207-8 C1195

各書目の下段の数字はISBNコードです。978－4－12が省略してあります。

中公文庫既刊より

あ-5-3
「日本文化論」の変容　戦後日本の文化とアイデンティティー　青木　保
「日本独自性神話」をもつくり出した、その論議の移り変わりを、戦後の流れのなかで把えなおした力作。吉野作造賞を受賞したロングセラーの文庫化。
203399-3

あ-13-3
高松宮と海軍　阿川弘之
「高松宮日記」の発見から刊行までの劇的な経過を明かし、第一級資料のみが持つ迫力を伝える。時代と背景を解説する「海軍を語る」を併録。
203391-7

あ-13-4
お早く御乗車ねがいます　阿川弘之
にせ車掌体験記、日米汽車くらべなど、日本のみならず世界中の鉄道に詳しい著者が昭和三三年に刊行した鉄道エッセイ集が初の文庫化。〈解説〉関川夏央
205537-7

あ-13-5
空旅・船旅・汽車の旅　阿川弘之
鉄道のみならず、自動車・飛行機・船と、乗り物全般に並々ならぬ好奇心を燃やす著者。高度成長期前夜の交通文化が生き生きとした筆致で甦る。〈解説〉関川夏央
206053-1

あ-13-6
食味風々録　阿川弘之
生まれて初めて食べたチーズ、向田邦子との美味談義、海軍時代の食事話など、多彩な料理と交友を綴る、自叙伝的食随筆。〈巻末対談〉阿川佐和子〈解説〉奥本大三郎
206156-9

い-35-17
國語元年　井上ひさし
明治七年。「全国統一話し言葉」制定を命じられた文部官僚は、まず家庭内の口語統一を試みる。しかし屋敷中が大混乱に……大好評を博したテレビ版戯曲。
204004-5

い-35-18
にほん語観察ノート　井上ひさし
ふだんの言葉の中に隠れている日本語のひみつとは？「言葉の貯金がなにより楽しみ」という筆者のとっておき。持ち出し厳禁、言葉の見本帳。
204351-0

い-35-19
イソップ株式会社
井上ひさし
和田誠絵
夏休み。いなかですごす二人の姉弟のもとに、毎日届く父からの手紙には、一日一話の小さな「お話」が書かれていた。物語が生み出す、新しい家族の姿。
204985-7

い-35-20
十二人の手紙
井上ひさし
転落した修道女の身も心もボロボロの手紙や家出少女の手紙など、手紙だけが物語る笑いと哀しみがいっぱいの迫真の人生ドラマ。新装改版。〈解説〉扇田昭彦
205103-4

い-35-21
わが蒸発始末記 エッセイ選
井上ひさし
軽妙なおかしみと鋭い批評眼で、小説・戯曲に劣らぬ傑作ぞろいの井上エッセイ。エッセイ集一〇冊の集積から選り抜いた、四一篇の思考のエッセンス。
205134-8

い-35-22
家庭口論
井上ひさし
絶妙の笑いの発明家井上ひさしが家庭の内幕を暴露、才色兼備の夫人と可愛ざかりの三人娘に優しく突き上げられ、クスクス、シミジミの最高の面白さ。
205528-5

い-35-23
井上ひさしの読書眼鏡
井上ひさし
面白くて、恐ろしい本の数々。足かけ四年にわたり新聞連載された表題コラム34編。そして、藤沢周平、米原万里の本を論じる、最後の書評集。〈解説〉松山　巖
206180-4

う-1-3
味な旅 舌の旅
宇能鴻一郎
北は小樽の浜鍋に始まり、水戸で烈女と酒を汲みかわし、海幸・山幸の百味を得て薩摩半島から奄美の八月踊りにいたる日本縦断味覚風物詩。
205391-5

う-9-4
御馳走帖
内田百閒
朝はミルク、昼はもり蕎麦、夜は山海の珍味に舌鼓をうつ百閒先生の、窮乏時代から知友との会食まで食味の楽しみを綴った名随筆。〈解説〉平山三郎
202693-3

う-9-5
ノラや
内田百閒
ある日行方知れずになった野良猫の子ノラと居つきながらも病死したクルツ。二匹の愛猫にまつわる愛情と機知とに満ちた連作14篇。〈解説〉平山三郎
202784-8

各書目の下段の数字はISBNコードです。978－4－12が省略してあります。

う-9-6
一病息災
内田百閒
持病の発作に恐々としつつも医者の目を盗み麦酒をがぶがぶ……。ご存知百閒先生が、己の病、身体、健康について飄々と綴った随筆を集成したアンソロジー。
204220-9

う-9-7
東京焼盡《しょうじん》
内田百閒
空襲に明け暮れる太平洋戦争末期の日々を、文学の目と現実の目をないまぜつつ綴る日録。詩精神あふれる稀有の東京空襲体験記。
204340-4

う-9-8
恋日記
内田百閒
後に妻となる、親友の妹・清子への恋慕を吐露した恋日記。十六歳の年に書き始められた幻の「恋日記」第一帖ほか、鮮烈で野心的な青年百閒の文学的出発点。
204890-4

う-9-9
恋文
内田百閒
恋の結果は詩になることもありませう――百閒青年が後に妻となる清子に宛てた書簡集。家の反対にも屈せず結婚に至るまでの情熱溢れる恋文五十通。〈解説〉東　直子
204941-3

か-2-3
ピカソはほんまに天才か　文学・映画・絵画…
開高　健
ポスター、映画、コマーシャル・フィルム、そして絵画。開高健が一つの時代の類いまれな眼であったことを痛感させるエッセイ42篇。〈解説〉谷沢永一
201813-6

か-2-7
小説家のメニュー
開高　健
ベトナムの戦場でネズミを食い、ブリュッセルの郊外の食堂でチョコレートに驚愕。味の魔力に取り憑かれた作家による世界美味紀行。〈解説〉大岡　玲
204251-3

か-2-6
開高健の文学論
開高　健
抽象論に陥ることなく、徹頭徹尾、作家と作品だけを見つめた文学批評。内外の古典、同時代の作品、そして自作について、縦横に語る文学論。〈解説〉谷沢永一
205328-1

か-83-1
新幹線開発物語
角本《かくもと》良平
高度成長を象徴する国家事業、東海道新幹線建設はどのように進められたのか。技術革新、安全思想から土地買収まで、「夢の超特急」誕生のすべて。〈解説〉老川慶喜
206014-2

こ-21-1
本郷菊富士ホテル
近藤富枝
夢二、安吾、宇野浩二、広津和郎らの作家・芸術家たちが止宿し、数多くの名作を生み出した高等下宿の全容を描く大正文学側面史。〈解説〉小松伸六
201017-8

こ-21-6
田端文士村
近藤富枝
巨星芥川の光芒のもとに集う犀星、朔太郎、堀辰雄ら多くの俊秀たち。作家・芸術家たちの濃密な交流を活写する澄江堂サロン物語。〈解説〉植田康夫
204302-2

こ-21-7
馬込文学地図
近藤富枝
ダンス、麻雀、断髪に離婚旋風。宇野千代・尾崎士郎をはじめ数多くの作家・芸術家たちの奔放な交流——馬込にくりひろげられた文士たちの青春。〈解説〉梯久美子
205971-9

し-31-5
海軍随筆
獅子文六
海軍兵学校や予科練などを訪れ、生徒や士官の人柄に触れ、共感をこめて歴史を繙く「海軍」秘話の数々。小説『海軍』につづく渾身の随筆集。〈解説〉川村湊
206000-5

た-33-9
食客旅行
玉村豊男
香港の妖しい衛生鍋、激辛トムヤムクンの至福、干しダコとエーゲ海の黄昏など、旅の楽しみイコール食の愉しみだと喝破する著者の世界食べ歩き紀行。
202689-6

た-33-11
パリのカフェをつくった人々
玉村豊男
芸術の都パリに欠かせない役割をはたし、フランス文化の一面を象徴するカフェ、ブラッスリー。その発生を克明に取材した軽食文化のルーツ。カラー版
202916-3

た-33-15
男子厨房学入門《メンズ・クッキング》
玉村豊男
「料理は愛情ではない、技術である」「食べることの経験はつくることに役立たないが、つくることの経験は食べることに役立つ」超初心者向け料理入門書。
203521-8

た-33-16
晴耕雨読ときどきワイン
玉村豊男
著者の軽井沢移住後数年から、ヴィラデスト農園に至る軽井沢、御代田時代（一九八八〜九三年）を綴る。題名のライフスタイルが理想と言うが……。
203560-7

各書目の下段の数字はISBNコードです。978－4－12が省略してあります。

た-33-19
パンとワインとおしゃべりと
玉村豊男
大のパン好きの著者がフランス留学時代や旅先で出会ったさまざまなパンやワインと、それにまつわる愉快なエピソードをちりばめたおいしいエッセイ集。
203978-0

た-33-20
健全なる美食
玉村豊男
二十数年にわたり、料理を自ら作り続けている著者が、客へのもてなし料理の中から自慢のレシピを紹介。食文化のエッセンスのつまったグルメな一冊。カラー版
204123-3

た-33-21
パリ・旅の雑学ノート　カフェ／舗道／メトロ
玉村豊男
在仏体験と多彩なエピソードを織り交ぜ、パリの尽きない魅力を紹介する。'60～'80年代のパリが蘇る、ウィットとユーモアに富んだ著者デビュー作。
205144-7

た-33-22
料理の四面体
玉村豊男
英国式ローストビーフとアジの干物の共通点は？　刺身もタコ酢もサラダである？　火・水・空気・油の四要素から、全ての料理の基本を語り尽くした名著。〈解説〉日高良実
205283-3

は-36-11
漱石文学のモデルたち
秦郁彦
『坊っちゃん』のマドンナは誰？「吾輩猫」の身の上とは？　歴史研究家が、人物や地物・景観から時代背景までを考証する、知的興奮にみちた漱石文学論。
205736-4

み-24-1
旅は俗悪がいい
宮脇檀
建築家の好奇心おもむくままの海外旅行記。毎年仕事で海外に国内に旅行すること百数十日。トラブルをも楽しむ好奇心いっぱいの俗悪的旅行術教えます。
201573-9

み-11-2
怪感旅行
水木しげる
この世とあの世をつなぐお化けはさまざまな場所に千差万別の形をとって存在する。体験を元に綴る不可思議な旅。お化け二十二話。『不思議旅行』改題。
203859-2

よ-5-8
汽車旅の酒
吉田健一
旅をこよなく愛する文士が美酒と美食を求めて、金沢へ、そして各地へ。ユーモアに満ち、ダンディズムが光る汽車旅エッセイ集を初集成。〈解説〉長谷川郁夫
206080-7